꾸밈없는
인생의 그림
Bilderbögen
des Kleinen
Lebens

페터 알텐베르크
이미선 옮김

꾸밈없는 인생의 그림

Bilderbögen des Kleinen Lebens

일러두기

1. 옮긴이의 뜻에 따라 강조 표현 및 외국어의 앞뒤에는 겹따옴표를 사용했다.
2. 익숙하지 않은 문장 부호의 사용은 글쓴이의 습관을 보여 주는 것이라 판단하여 고치지 않았다.
3. 원발음을 살리려는 의도로 외래어 표기법을 적용하지 않은 표현이 더러 있다.

세상에 의미 없는 것은 없다. 단지 직관 방식이 문제 될 뿐이다. **—괴테**

카페 첸트랄에 앉아 있는 페터 알텐베르크(1907)

차례

페터 알텐베르크 — 13
페터 알텐베르크와의 이별 — 27

슬로바키아 공화국 — 33
히스테리의 정도 — 36
하녀들 — 38
앙갚음 — 40
그는 어떻게 그녀를 얻었을까 — 42
발레리 부인의 편지 — 44
감독관 — 46
우리 문화의 미래 — 48
모든 것은 자기 길을 간다 — 52
정신 질환자를 위한 요양원 — 55
유흥업소 — 61
그녀가 "도약하기" 직전 — 63
타자수 아가씨 — 66
풍경 — 68
겨울 스포츠 — 69

추적 망상 — 71
여성의 호의 — 74
어떤 시인의 편지 — 76
물총새 — 79
시 — 81
독신 남성 — 83
「지구」— 88
가족의 목가 — 90
누가 승자인가 — 92
생리학적인 것 — 94
레몬색 카네이션과 연보라색 카네이션 — 96
실제 있었던 동물 이야기 — 98
전원시 — 100
라밍손 팀의 미치 — 105
무도회가 끝난 뒤 — 106
열네 살 소녀의 가면 — 109
"평범한" 여인 — 112
유흥업소 — 115
자칭 "지루한" 두 짐승 — 117
슈베르트 — 119
곤봉 던지는 미국인 — 121
"슬픈" 사랑 — 123
거리에서 — 126
고백 — 128
인류의 신경에 대하여 — 130
데 아모레 — 132
글쓰기 수업 — 134

현대의 결혼은 어디에서 문제가 발생하는가?!? — 136
나이 든 독신 남성 — 139
책의 서문 — 141
열네 살 소녀 — 143
에프체 양에게 보내는 편지 — 145
보모 — 147
소문에 대하여 — 149
너는 이렇게 되길 원했던 거야 — 151
원망 — 153
명성 — 155
늙은 은행가 — 157
일본 종이, 식물성 섬유 — 159
엘에스테 부인에게 보내는 편지 — 161
농장주와의 대화 — 163
질투 — 166
시인의 단골 지정석 — 168
강치들 — 173
죽음 — 175
교태 부리는 여인에게 — 177
배신 — 179
1908년 빈 전시회 — 181
질투에 대하여 — 184
그레고리 서커스단 — 186
체험 — 188
"쿤스트샤우"에서의 야외 공연 — 191
로나허 극장 의 버라이어티 쇼 평 — 194
시립 공원 — 198

대화 — 201
미치 — 202
활동사진 극장 — 207
간접 서평 — 209
그는 격언을 통해 마음의 짐을 내려놓는다 — 212
꽃들 — 215
삶의 동화 — 217
전원시 — 218
혼란에 대하여 — 219
파티의 젊은 숙녀의 일기장 — 221
사랑 — 224
오를레앙의 처녀 — 226
봄의 시작 — 229
빅토르 아들러: 빈 노동 신문 사장 — 231
마리아 엘리자베트 — 233
스페인 무희 마리아 마라빌리아에게 보내는 편지 — 235
젠틀맨 — 237
페터 알텐베르크 — 242
질책 — 245
흥행을 위하여 오래 단식하는 여인 — 247
에스엠파우에 부인에게 바침 — 250
교외의 집 — 251
배반하는 우리의 여인들에 대해 — 253
봄철의 바덴바이빈 — 255
맥락들 — 257
산책용 지팡이 — 259
곤란한 심정 — 262

시작 — 264
절정 — 266
불신 — 268
사소한 것들 — 269
숙녀를 위한 라이트모티프 — 272
질책 — 273
고백 — 275
제후 — 277
우정 — 279
죽은 자의 섬 — 281
로마에서 영국 무용수가 페터에게 보낸 편지 — 283
자동차 드라이브 — 284
성령 강림제 — 286
운명 — 288
데어브로켄 — 290
영국 무희들 — 292
아름다움의 저주 — 294
나의 개 — 296
신문의 지역 소식 — 298
결핵 — 300
시: 이른 봄 — 302
침대 — 304

옮긴이의 말 — 307
연보 — 311

구스타프 야거스파허가 그린 알텐베르크의 초상(1909)

페터 알텐베르크

그의 50세 생일에

— 에곤 프리델[1]

페터 알텐베르크를 알려는 시도는 언제나 실패로 끝났다. 지금까지 사람들은 그가 서정 시인이라 믿었을 것이다. 하지만 그의 시는 분위기의 묘사나 순간의 감각적 인상을 표현하는 시보다 훨씬 길다. 많은 사람들은 그를 간단히 노벨레 작가라 부른다. 그러나 그러려면 노벨레의 개념을 근본적으로 바꿔야만 한다. 우리가 일반적으로 노벨레라고 이해하는 것과 페터 알텐베르크의 짧은 스케치나 특징 묘사는 전혀 일치하지 않기 때문이다. 페터 알텐베르크를 가장 깊이 이해하는 사람들은 그를 철학가라고 부르지만, 확실히 상투적인 철학가 유형을 생각해서는 아니다. 그를 작가라고 부를 수는 있지만, 여기에도 조금 의심이 간다. 왜냐하면 그는 예술로서의 저술 작업을 특정한 미학적·기술적 규칙에 따라서 하지 않았기 때문이다. 오히려 마치 간단히 글이 기록되는 전자 기기의 글

1 1878년 빈에서 출생한 유대인 극작가이자 평론가로, 히틀러의 오스트리아 침공(1938) 직후 스스로 생을 마감하였다.

자판처럼 아주 기계적으로 작업했다고 할 수 있다. 신비스러운 전류가 그에게 통했으리라. 그는 서정 시인이 아니며 서사 시인도 아니고 철학자도 아니다, 그는 작가다. 그저 작가이며, 그 외에 아무것도 아니다.

자연히 진정한 작가는 어떤 그룹에 배속되기가 아주 힘들다. 창작은 특별한 숙련이 아니라 순수한 인간적 활동이기 때문이다. 이중의 의미가 있는 "보는 사람(Seher)"[2]이라는 단어를 사용해도 좋을 것이다. 작가는 보는 사람, 현재와 미래의 사물을 보는 사람이다. 현재와 미래의 사물을 보는 것이 작가의 온전한 활동이다. 그는 삶을 지나가면서 관찰한다. 그는 이전에 누구도 보지 못했던 사물을 본다. 그런데 그가 그것을 보는 순간, 갑자기 다른 모든 사람들도 볼 수 있게 된다. 이런 환영들이 갑자기 현실의 세계에 등장한다. 따라서 사람들은 작가와 자연 과학자 사이에 본질적인 구분점을 두어서는 안 된다. 왜냐하면 둘이 완전히 똑같은 일을 하기 때문이다. 즉 그들은 이제까지 숨겨져 있던 새로운 현실을 발견하고, 새로운 힘과 그 힘의 결합 가능성을 발견한다. 그들이 하는 일은 근본적으로는 동일한데, 그 주제가 자연 과학자가 밝혀낸 새로운 화학적 친화력이건 새로운 영혼의 친화력이건 상관없다.

그런 작가가 페터 알텐베르크이기에 우리는 그가 특정 예술 장르에 속한다고 더 이상 말할 수가 없다. 왜냐하면 이것은 형식의 문제이고, 형식은 여기서 별로 중요하지 않기 때문이다. 사진 감광판의 치수가 사진의 선명도나 정확성과 별 상관이 없는 것과 마찬가지다.

2 독일어 Seher에는 보는 사람, 관찰자, 예언자라는 뜻이 있다.

그러나 페터 알텐베르크는 작가이기 때문에 작가의 운명을 감당해야만 한다. 즉 철저한 오해도 감당해야만 한다. 그의 총체적인 인격에 대해서는 괴상한 억측들이 떠돈다. "문인들"(그들은 알텐베르크를 존경한다고 주장하기까지 한다.)은 그에게서 "향락적인 미학자"의 모습을 보지만, 반대로 그의 시대에 그는 드물게도 자연스러움과 자연의 광신자다. 고루한 사람들은 그에게서 "모더니즘"의 정점을 보고(알려진 바와 같이 고루한 사람에게는 가장 끔찍한 욕설이다.) 그를 재기발랄한 패러독스 사냥꾼이자 격언 곡예사라 부르지만, 자신들이 얘기하는 사람이 열정적으로 이리저리 방황하며 진실을 찾는 자라는 사실은 전혀 예상하지 못하고 내뱉은 표현이다. 대중이 페터 알텐베르크에 대해 할 수 있는 말이라고는, 그가 실제로는 종교적인 품성을 지닌 개혁가이면서도, 천재적인 대도시 보헤미안의 전형이라는 것뿐이었다.

그러나 이미 형식에서 작품 이해의 어려움이 시작된다. 페터 알텐베르크의 소품을 처음 읽은 사람은, 마치 너무 늦게 공개 강연장에 도착해서 이제 꽉 찬 강의실 외진 구석에 박혀 강연자의 말을 들으려 열심히 애를 쓸 때와 비슷한 느낌을 받을 것이다. 처음에는 불분명하고 토막토막 끊어진 단어와 문장만 들리다가, 마침내 강연장의 음향과 강연자의 목소리에 익숙해지면, 각각의 파편에서 의미를 찾게 된다. 페터 알텐베르크의 독자는 처음에는 원자론적 세계를 벗어나지 못한다. 독자는 환상적이고 미완성인 동화 세계에 옮겨졌다고 느낄 것이다. 이 동화의 세계 안에서 모든 것은 훨씬 자유롭고 책임감이 덜어지며, 논리적이고 심리적인 적법성에서 풀려나온다. 그리고 독자는 여기서 다음과 같은 결론에 도달하게 된다.

아주 깊은 인간 이해와 관찰력을 지닌 작가, 사물을 그 관계 속에서 관찰할 능력은 없는 작가, 말하자면 이미 세 번째 줄에서 언급했다는 사실을 열 번째 줄에서는 완전히 잊어버리는 아주 기억력이 짧은 작가, 개인적인 감각적 인상은 가졌으나 개인적인 세계는 갖지 않은 문학의 점묘파 화가, 선과 장식의 초안을 잡지만 그림을 그리지는 않는 도안가 같은 작가가 작업을 했다고 느끼는 것이다.

많은 사람들은 이 첫 번째 잘못된 인상을 넘어서려고 애쓰지 않는다. 이 인상은 잘못되었다. 왜냐하면 처음 볼 때 산만하고 비약하는 인상을 주는 것은, 생각이 비정상적으로 간명하고 민첩하기 때문이다. 이런 간명함과 민첩함은 이러저러한 수많은 연결 고리를 생략하는데, 이는 독자를 높게 평가한 결과다.

이것이 페터 알텐베르크의 작품에서 드러나는 탁월한 모더니즘이다. 전신술, 특급열차와 자동차의 시대에만 이런 작가가 나올 수 있었으며, 그가 가장 열정적으로 바라는 바는 가장 필요한 문장만을 말하는 것이다. 이전에는 시적 대상에서 느꼈던 목가적인 휴식을 서사적으로 다루는 것, 이런 것에 대해 우리 시대는 어떤 의미도 부여하지 않으며, 우리 시대에 느림과 장황함보다 싫은 것은 없다. 우리는 더 이상 쾌적하게 사물에 정주하지 못한다. 우리의 문화 전체는 "최소의 노력과 최대의 효과!"라는 기본 전제 아래 있다. 오늘날에는 이미 학교에서 "엑기스를 위한 교육"이 시작된다. 우리는 문헌학의 엑기스, 세계사의 엑기스, 박물학의 엑기스를 얻는다. 하지만 절대 학문 그 자체는 얻지 못하고 늘 엑기스만을 얻는다. 사진은 우리에게 세상을 응축하여 축소한 이미지의 초안을 가져다준다. 우리는 더 이상 우편 마차를 타고 장황하게 여행하지 않는다. 특급열차를 타고 여행하며, 스쳐 지나간 많은 대상들한테서 황망히 얻은 이미지들을 받아들인다. 그리고 우편엽서가 오늘날 문서 교류를 지배하는 것도 아주 독특하다. 즉 거의 모든 보고는 8절판 종이만으로도 공간이 충분하다는 현대의 생각을 우편엽서가 대변한다. 따라서 현대의 인간을 위해 책은 시간을 뺏지 않고 절약해야만 한다. 책들은 시간이 적은 사람을 위해서만 존재한다. 시간이 많은 사람은 가치 있는 책을 통해 적은 시간 안에 받을 수 있는 모든 것을 천천히 직접 얻을 수 있어 참 행복하다. 책들은 경험의 임시 대용품, 시간이 없는 사람들은 위한 응급수단이다. 따라서 부족과 간결은 현대의 책들이 충족해야만 하는 첫 번째 요구다. 하지만 결핍되거나 간단명료한 간결이 아니라 내용이 충만하면서 빽빽한 간결이고, 이는 정신이 충만한 작가가 갖춰야 하는 첫 번째 조건이기도 하다.

이것이 페터 알텐베르크의 기본 원리다. 그는 "전보풍" 글을 쓴다. 뭔가를 가능한 한 아름답게 말하는 것이 아니라, 가능한 한 명확하고 짧게 말하는 것이 그에게 중요하다. 그는 아름다움이 아니라 진실을 추구한다. 진실이 언제나 아름다움을 내포한다고 믿기 때문이다. 아주 짧은 드라마 스케치 연작인 "오 분짜리 장면"들은 간결에 대한 그의 열정적인 노력을 보여 준다. 게다가 그 장면들은 오 분이 아니라, 길어 봐야 이삼 분밖에 걸리지 않는다. 그 장면들은 어떤 극적인 순간들을 고정하고, 그 밖의 다른 것은 독자에게 맡긴다. 영혼의 어떤 위험한 순간, 어떤 의심스러운 복잡한 문제, 불가사의한 갈등에 한순간 조명이 비치고는 이내 막이 내린다. 이러한 시도의 바탕에는 다음과 같은 적확한 생각이 놓여 있다. 즉 삶은 그저 몇 분간만 극적이며, 따라서 가장 극적인 극작가는 몇 분간만 지속되는 작품을 써야만 하며, 독자는 영광스러운 추측의 여지, 충격과 자극을 받는 것만으로 충분하여 각자 이미 자기가 만든 환상의 소재에 따라 계획, 구성, 후기를 스스로 쓸 수도 있으리라고 짐작할 만한 여지를 얻어야 한다는 생각 말이다. 여기서 아베 브로티어가 자신이 편집한 라로슈푸코[3]의 책에 쓴 말을 떠올려 볼 수 있는데, 언젠가 이 말을 리히텐베르크[4]도 인용했다.

코르네유[5], 라퐁텐[6], 라로슈푸코는 생각했고, 우리는 그들과 함께 생각한다. 우리는 절대 생각을 멈추지 않으며, 매일 그들은 우리에게 새로운 생각을 준다. 우리는 라신[7], 뇌빌, 볼테르를 읽고 많은 것을 생각하지만, 그들은 우리가 그들의 생각을 따르게 두지는 않는다.

3 프랑수아 드 라로슈푸코(François de La Rochefoucauld, 1613~1680). 프랑스의 귀족 출신 작가이자 모럴리스트.

4 게오르크 리히텐베르크(Georg Lichtenberg, 1742~1799). 독일 계몽주의 시대의 수학자, 독일 최초의 실험 물리학 교수.

5 피에르 코르네유(Pierre Corneille, 1606~1684). 프랑스의 극작가. 라신과 함께 프랑스 고전 비극의 쌍벽을 이루었다.

6 장 라퐁텐(Jean de La Fontaine, 1621~1695). 17세기 프랑스의 대표적인 우화 작가로 동물을 의인화하여 프랑스 사회를 풍자했다.

7 장바티스트 라신(Jean-Baptiste Racine, 1639~1699). 17세기의 대표적인 극작가. 라신은 나중에 "고전주의"라고 불릴 17세기 프랑스 비극에 최고의 형태를 부여했다.

어쩌면 이것이 작가의 서열을 정해 주고 작가가 단순히 재능이 있는 사람인지 천재적인 자연력인지를 결정하는 주요 구분점일 것이다. 즉 재능이 있는 사람들은 자기 생각만 하고, 천재적인 자연력 자체인 사람들은 나머지 세계도 자기 사유를 위해 가져온다.

페터 알텐베르크는 간결성과 함께 특유의 인상주의[8]로, 당대의 가장 큰 특징을 대변한다. 그는 평판이 나쁜 단어인 "세기말"이라 표현되던 것의 가장 명확하고 섬세한 특징을 보이는 인물이다. 이전 세기에 잠시 부흥했던 데카당스[9]의 전형이다. 그 운동은 이미 사라졌지만 알텐베르크에게는 여전히 그 경향이 남아 있다. 그는 데카당스보다 오래 살아남았다. 데카당스적 신경을 지녔고, 또 그럴 수밖에 없었기 때문이다. 그런데 결국 데카당스적 신경은 극단적으로 흥분하기 쉬운 신경과 무엇이 다른가? 그에게는 데카당스적 심장이 없다. 그는 이 경향 전체에서 여성 해방 운동만을 받아들였지만 여성 해방 운동은 그에게서 약세가 아니라 강세, 즉 입장을 바꾸어 여성의 정신적 삶의 입장을 생각해 보는 한층 고양되고 이제껏 도달하지 못한 능력을 띠었다. 알텐베르크는 이 부분에서는 완전히 독창적이며 문학사적인 특징을 보인다. 이 분야에서

8 19세기 말, 환경에 대한 개인적인 인상과 분위기를 스케치, 단막극, 음화(音畵)와 같은 작은 예술 형식에 담아낸 회화, 문학, 음악의 한 유파.

9 프랑스어로 "퇴폐, 쇠락"을 의미하는 19세기 프랑스와 영국의 한 경향이다. 병적인 감수성, 탐미적 경향, 전통의 부정, 비도덕성 등의 특징을 보이는 퇴폐주의로, 지성보다는 관능에 도덕과 질서보다는 죄와 퇴폐에 관심을 두고 새로운 미를 발견하려 하였다. 대표적인 작가로는 프랑스의 보들레르, 랭보, 베를렌과 영국의 오스카 와일드가 있다.

그에게 가깝다고 할 만한 작가는 이전에는 아예 존재하지도 않았다. 그는 우리의 삶을 끊임없이 안내하고 규정해 주지만, 그럼에도 항상 낯설고 이해할 수 없는 불가사의한 인물 중에서 최초의 진정한 심리학자랄 만하다. 다른 사람들은 여성에 대해서 그저 행복한 설명자인 척한다. 하지만 페터 알텐베르크는 여성의 설명자가 아니다. 그는 내면에서 가장 완벽한 방식으로 여성을 체험한다. 여성을 묘사할 때는 낯선 영혼 속에서가 아니라 자기 자신의 영혼으로부터 여성을 읽어 낸다. 이제까지의 모든 여성 심리학자는 마치 학술적인 자연 과학자가 자연의 신화적 해설자를 대하듯 해 왔다. 자연을 신화적으로 해설하는 사람은 인격화라는 마력 아래에 있다. 그는 자연을 절대 이해하지 못한다. 왜냐하면 자연을 그 자체로가 아니라 자신의 생각으로 설명하기 때문이다. 마찬가지로 이제까지의 모든 여성 심리학자들은 "남성화"의 마력 아래 있었다. 그들은 여성을 남성의 시각에서 보았다. 그러므로 페터 알텐베르크는 완벽히 새로운 인물이다. 그는 자신이 지닌 여성적 상상 세계와 감정 세계를 탁월한 남성적 지성으로 가공한다. 그에게는 이를 구상적으로 표현할 두뇌가 있고, 이 두뇌의 재질은 여성적이나 구조는 남성적이다.

그의 심리적 방식은 화학적이다. 그는 특정 반응에서 나타나는 모든 심리적 현상을 시험하고, 그렇게 천천히 한 발 한 발 모든 정신적 현상의 특징을 규정하려 한다. 그는 항상 세부를 다루지만, 절대로 그것에만 전념하지 않는다. 독특한 매력이 있는 형용사를 통해 갑자기 어떤 인간, 어떤 경치, 어떤 방을 아주 입체적으로 독자 앞에 제시하는 그의 예술은 특별하다. 가끔 그는 지나치게 뜨겁고, 잇달아 일어나며, 부르릉 소리를 내며 돌진하는 열정에 빠져들기도 한다. 그러나 이 열정은 완전히 새롭다. 그는 시끌벅적한 미사여구를 늘어놓는 연설을 위해 아주 새로운 벽걸이 융단을 고안해 내기도 한다. 그는 일종의 열정을 만들어 내는데, 이것과 과거 시인의 열정을 비교하는 것은 거대한 자동화된 기계의 소음과 트롬본 소리를 견주는 거나 마찬가지다. 이런 작업에서 그는 한 치의 주저 없이 앞으로 나간다. 언어를 다루는 데 있어서 그는 이전에 어느 다른 시인도 그렇게 취급한 적이 없는 듯, 언어라는 작가의 도구를 손에 넣은 최초의 사람인 듯 한다.

그가 시도한 새로운 정확한 형식, 도달되지 않은 묘사의 정확성, 여성 심리, 기계에 대한 기이한 열정, 이것들이 페터 알텐베르크가 보여 준 작가로서의 주요 공적이다. 그러나 우리는 계속 나아가야 한다. 우리는 그의 안에서 진기한 예술 형식의 창조자를 보는 걸로 그치지 않고 새로운 예술가적 프로그램의 창조자를 파악해 내야 한다.

페터 알텐베르크가 이룬 예술가적 발견은 독창적이며 단순하다. 그 발견은 너무 단순해서, 많은 사람들이 독창적이라 인정하기를 거부할 정도다. 그러나 바로 이러한 독창성과 자기 이해의 결합이 실제로 가치 있는 모든 인식의 본질을 이룬다. 단순히 독창적이기만 한 것은 예술이 아니다. 우리가 이성과 진리에만 신경 쓸 필요는 없다, 우리는 이미 독창적이다. 천재적인 독창성이란, 지금까지 알려지지는 않았지만서도 이미 항상 존재해 왔기에 가장 자연스러운 법칙과 관계를 새로 발견하는 것이다. 그것들이 발견되자마자 우리는 말한다. "이전부터 알고 있었어." 고루한 사람들이 불운한 모든 새로움에 갖다 붙이는 이 말, 동시에 사실이기도 한 이 말은 새로움의 생명력을 시험하는 기준이 된다.

페터 알텐베르크의 가장 단순한 예술가적 인식은 삶이 진실로 동화적인 유일한 동화이며, 진정한 시와 환상은 현실 속에서만 발견된다는 사실이다. 이를 위해 그는 자신의 마지막 단편집 제목도 "삶의 동화"라 지었다. 그런데 그는 삶의 동화 외에는 다른 그 어떤 것도 쓰지 않았기 때문에, 이 제목은 그의 다른 책들에도 붙일 수 있다. 간단히 말해 그는 최초의 자연주의적 낭만주의자인 셈이다.

예술과 예술가가 존재한 이후 이 두 가지 경향, 즉 낭만주의와 자연주의는 항상 다투었다. 상위 사조와 지배 사조로서, 교대로 우세를 떨쳤지만 늘 동시에 존재했다.(일목요연하게 하기 위해 이른바 "고전주의"를 끌어들이지 않아도 된다. 고전주의는 근본적으로는 양식화된 낭만주의이기 때문이다.)[10]

그럼에도 시 문학과 낭만주의는 어느 정도 상관 개념이며, 모든 시인은 낭만주의자로 태어난다. 그리고 자연주의는 순수하게 자연주의적인 예술은 이미 이론상 불가능하다는 것을 우리에게 보여 준다. 그러나 이제 자연과 낭만주의도 상관 개념이고, 예술, 자연, 낭만주의라는 삼위일체 안에 페터 알텐베르크의 새로운 예술가적 프로그램이 자리한다.

즉 우리는 자연에 가까워지는 정도로 시 문학에 가까워지며, 삶에 가까워지는 것과 똑같은 정도로 낭만주의에 가까워진다. 이는 낭만주의적 자연주의의 인식이다. 옛날 유형의 낭만주의자들은 주어진 세계에 만족하지 않았다. 왜냐하면 그

10 독일 문학 사조를 시대별로 나열한다면 계몽주의, 고전주의, 낭만주의, 사실주의 순이다.

들 생각에, 이 세계는 시적인 것을 포함하지 않은 듯했기 때문이다. 반대로 정통파 자연주의자는 삶을 있는 그대로 가져오거나 겉으로 보이는 대로 가져왔고, 손에 든 확대경으로 살펴보며 시를 지었다. 그러나 삶은 자연주의적 시인에게는(원래 불려야 하는 대로라면 물질주의적 시인에게는) 절반만 존재한다. 왜냐하면 삶은 경이와 비밀로 가득하기 때문이다. "자연주의자"는 삶을 가져오지만, 삶 속에 박혀 있는 동화를 뺀는다. 반대로 "낭만주의자"는 동화를 가져오지만, 삶을 희생한다. 따라서 자연주의와 낭만주의 두 가지는 똑같이 사실에 근거하지 않은 사조였다고 말할 수 있다.

낭만주의적 자연주의자는 두 가지 대립되는 사조를 결합함으로써 이제 대립을 없앤다. 알텐베르크에게 세계는 마법의 가상 숲도 아니며 무미건조한 세포 무더기도 아니다. 기사, 요정, 마법사와 용에 관해 깊이 연구한 그 보조 자료가 삶 속에 정말로 존재한다는 사실을, 훨씬 환상적이고 신비로우며 아주 문학적인 방식으로 존재한다는 사실을 그는 보여 준다. 예전의 이른바 "낭만주의자", 문학적 낭만주의자들이 시시한 문학 애호가였다는 것, 즉 낭만주의라는 문학 사조의 애호가였다는 것을 알려 준다. 그리고 인간의 가장 단순한 일상적 삶을 단 한 번만이라도 실제로 일어난 것으로서 생각할 필요가 있다는 사실을 이야기한다. 그리하여 꾸며 낸 동화는 유치하고 환상이 결여된 이야기이며, 매순간 도처에서 일어나는 정말이지 가능하지 않은 경이로운 동화를 불분명하고 빈약하게 복사한 데 불과하다는 사실을 갑자기 깨닫게 된다. 거짓 낭만주의자들은 현실을 능가할 수 있다고 믿지만, 실제로는 현실 뒤편으로 멀리 물러나 있다. 인간 영혼의 삶은 가장 심오하며 경이로운 동화다. 마녀, 요정, 마술사와 용은 실제 존재한다. 익명으로 존재할 뿐이다. 사람들은 잠자는 숲속의 미녀가 상상력의 산물이라고 주장한다. 그러나 그 미녀는 정말로 잠들어 있을지도, 어쩌면 이미 바로 옆집에 잠들어 있을지도 모르며, 왕자가 막 모퉁이를 돌아오고 있는지도 모른다. 물의 요정 멜뤼지네도 존재한다. 요정은 어쩌면 빵 가게 점원일 수도 있다. 로렐라이도 마술사 메를린[11]도 모두 존재한다. 그들을 찾을 줄만 알면 된다. 그러기 위해 바로 이 작가가 존재하는 것이다.

물론 이전 시대에 작가는 특별한 존재였다. 작가는 갈색의 벨벳 웃옷을 입었고, 이지적인 하관은 금빛 수염으로 뒤덮여 있었다. 그리고 그는 책상에 앉아서 "창작했다." 다시 말해 그는 모든 가능하거나 불가능한 것을 결합했고, 상황과 갈등을 고안해 냈으며, 제 머릿속에서만 한꺼번에 일어나는 다수의 문제를 생각했다. 하지만 미래의 작가 페터 알텐베르크의 처방에 따른 작가는 전혀 "창작하지" 않으며, 심지어 다른 모든 사람들보다 훨씬 적게 창작한다. 그런데 바로 이것이 그를 작가로 만든다.

페터 알텐베르크는 낭만파에 직접 연결되지만, 그는 낭만파를 넘어서는 자연주의자의 큰 걸음을 뗀다. 그는 완벽하게 낭만주의적인 사상과 표상의 범주에 산다. 그의 여성에 대한 존경, 발전론적 이상주의, 예술가적 귀족주의는 모두 낭만주의적인 요소들이다. 그러나 낭만파 작가들이 그 이상을 하늘에서부터 갖고 내려와 반항하듯 대지를 배회하는 반면, 페터

11 카멜롯의 궁전에서 아더 왕의 조언자 역할을 맡았던 마술사.

알텐베르크는 자신의 이상주의를 냉혹하고 적나라한 현실에 뿌리 심고 키운다. 따라서 그를 "귀납적 낭만주의자"라고 불러도 되리라. 옛날 낭만주의자들이 파란 꽃[12]을 찾으려 했으나 발견하지 못한 것은 아주 당연하다. 왜냐하면 그 꽃은 그들의 머릿속에만 존재했기 때문이다. 하지만 페터 알텐베르크, 신낭만주의자인 그는 "파란 꽃"을 발견한다. 그에게는 모든 수레국화가 낭만주의의 "파란 꽃"이고, 가장 자연스럽고 통속적인 일상 체험이 가장 문학적이고 환상적인 동화다!

이러한 것들이 페터 알텐베르크의 책 속에 숨은 위대한 예술가적 가능성이다. 그의 시대의 "파란 꽃"처럼 "삶의 동화"라는 단어는 언젠가는 위대한 문학 표어가 될 것이다. 아마 언젠가는 예술가가 찍은 눈 덮인 외로운 나무의 사진이 아주 아름답게 그려진 정물화보다 훨씬 가치 있게 평가될 것이다. 크리스마스 전에 어린 소년이 쓴 소원 쪽지, 신문에 실린 무미건조한 법정 메모, 자연의 경이를 관찰한 학자가 쓴 객관적인 보고, 소녀가 쓴 시시한 일기, 작가가 형상화한 이런 주제들 그리고 이와 유사한 것들이 어쩌면 언젠가는 진정한 단 한 가지 문학으로 여겨질지도 모를 일이다. 이런 견해에 따라 누군가가 이 모든 것들은 이미 이전에 존재했기 때문에 작가란 쓸데없는 존재라고 주장한다면, 그에게 이렇게 답변할 수 있다. "그 반대입니다!"라고. 작가는 이전보다 훨씬 필요하고 중요

12 낭만주의의 중심 상징으로, 사랑에 대한 동경, 무한에 대한 형이상학적 노력을 뜻한다. 낭만주의 후기에는 먼 곳에 대한 동경의 비유, 방랑의 상징이 되었다. 종종 중부 유럽의 수레국화나 치커리 꽃과 같이 익숙한 꽃을 파란 꽃의 실제 전형으로는 보기도 한다. 초기 낭만주의자로 『파란 꽃』의 저자인 노발리스는 그 전형으로 헬리오트로프를 언급했다.

해질 것이다. 왜냐하면 이러한 것들에 눈과 귀와 신경을 여는 사람들은 오직 작가들뿐으로, 이러한 것들의 발견자가 이들인 까닭이다. 그러나 발견자이지 발명가는 아니다. 이들은 시시한 "발명"을 히스테릭한 사람들, 파란 스타킹을 신은 사람들[13] 그리고 재능이 없는 작가들에게 떠넘길 것이다.

13 "파란 스타킹"은 18세기 말과 19세기 여성 해방을 추구하던 여성들에게 붙은 조롱 어린 별명이었다. 당시의 여성상에 반대한 이들은 "비여성적"으로 평가되었다.

페터 알텐베르크와의 이별(1919)

—아돌프 로스

사랑하는 페터,

이제 자네는 세상에 없군. 자네에 관해 글을 써 달라는 부탁을 받았다네. 사람들은 장엄하고 위대하며 멋진 울림을 주는 말을 기대하겠지. 죽음, 죽음을 목격한 벗이 생각해 낼 법한 말을 말이야…….

하지만 난 안다네, 사랑하는 페터, 자네는 그런 말을 기대하지 않는다는 걸 말일세. 자네는 모든 장엄한 것들에 반기를 들었지. 아마 독자에게 비친 자네 모습은 종종 엄숙하게 보이기도 할 거야. 하지만 자네 목소리의 울림을 한 번이라도 들은 사람은(아, 자네 목소리는 정말 멋졌어!) 자네의 글쓰기 방식이 세상에서 가장 자연스럽다고 생각할 거야. 그 완벽한 무기력을.

어쨌든 나는 자네에 대해 해명해야 해. 사람들은 자네를 낮에는 자고 밤에는 유흥업소에서 죽치고 앉아 있던 사람으로만 알고 있거든.

그래, 부랑자, 가진 돈을 탕진하는 그런 인간이라고 말이야! 그런데 그렇지 않아, 자네는 그런 사람이 아니었어. 검소한 사람들 중에서도 가장 검소한 사람이었지. 매일 아침 휴식을 취하러 몸을 뉘기 전에 자네는 돈을 셌어. 한 푼도 허투루 쓰지 않았음을 확인했을 거야. 절약한 돈은 모두 은행에 저축했고. 그리고 언젠가 그문덴에서 있던 일이었는데, 호텔에 도둑이 들었다는 소리를 듣자 자네는 마지막 한 푼까지 예금하고는 동생에게 전보를 쳤지.

게오르크, 100크로네 보내라. 돈을 모두 저금해서 굶어 죽을 지경이야.

그래, 구두쇠였어. 아냐, 맹세코 자네는 구두쇠가 아니었어. 자네는 항상 학대받은 아이들, 페아(P.A.)가 신문에서 접한 아이들 모두에게 약간의 돈을 주었지. "페터 알텐베르크 10크로네." 아동 보호소나 구호소의 사업 보고서에는 항상 이런 글귀가 실렸어. 사람들은 웨이터나 하녀에게 물어봤어. 아니, 그 어떤 신사도 페아보다 팁을 많이 주지 않았어. 그리고 누군가에게 한시라도 빨리 마음을 털어놓고 싶을 때면, 자네는 한밤중에 집사 방의 벨을 울려 댔지. 집사는 전보용지 열 장 분량을 들고 우체국을 향해야 했어. 집사에게 전보문과 함께 건넨 100크로네 되는 돈이 그 비용으로 사라졌지. 내용은 "너를 사랑해! 다만 알텐베르크 식으로."이지.

그래, 돈을 낭비하기는 했어! 아니, 자네는 최근 두 해 동안 매일 감자 삼 인분으로만 살았어. 고기 메뉴에 10크로네를 지불하는 것은 정신 나간 낭비라고 생각했기 때문이지.

그래, 모든 것에 만족하는 분수를 아는 사람이었어! 아니,

자네는 그런 사람이 아니었어. 세상에 자네보다 까다롭고 예민한 미식가도 없지. 사과 수백 개 중에서 자네는 제일 맛있는 것을 확실하게 골라낼 수 있었어. 그것도 손이 아니라 눈으로. 부드러운 가재와 콩팥구이를 척 보고 알아차렸어. 모든 동물에서 소화가 제일 잘되는 부위, 즉 허리살만 먹었지. 자고새와 꿩은 가슴살만 먹고, 거무스름한 고기에는 손도 안 댔어. 아스파라거스, 그래, 그것도 제일 좋은 솔로 아스파라거스만 먹었지. 그리고 언젠가는 웨이터를 세 번이나 물리친 뒤, 그가 권한 콩팥구이를 시켜 맛보더니 그대로 둔 채 돈을 지불하고는 배를 곯았지. "페터, 아무것도 안 먹을 거야?" "안 먹어, 오늘 예산은 다 썼어."

그래, 자네는 향락을 좋아했어. 집시 음악이 연주되고 샴페인이 나오고 소녀들이 춤추는 곳을 제일 좋아했으니까. 그러니까 이봐, 자네는 알코올중독자였어. 아니 그렇지 않아, 자네처럼 그렇게 술을 싫어하는 사람도 없었으니 말이야. 아이들이 쓴 약을 싫어하는 것처럼, 포도주와 소주, 잠을 청하려고 한 잔씩 마시는 침대 협탁 위 큰 병에 들어 있던 술들을 무서워했지. 식사 중에 자네에게 리큐어 한잔이라도 권할 수 있었던 사람은 아마 한 명도 없을 거야. 맥주나 샴페인은? 맥주가 자네한테는 수면제 효과가 있었지.(그날 밤 스물네 병을 마셨잖아.) 자네는 고리타분하게 단골 식탁에서 즐기던 맥주 한잔도 포기해야 했어.

그리고 자네는 여성들한테 마음을 빼앗겼지. 하지만 자네는 구석에 앉아 친구들하고만 이야기하고 아가씨들한테는 신경도 안 썼어. 자네는 왈츠를 싫어했어. 미국이나 영국 멜로디가 울릴 때나 귀를 기울였지. 그때만 열광해서 귀 기울이거나 노래할 수 있었어. 자네 목소리는 오보에처럼 울렸어. 때로 어떤 아가씨를 마음에 둔 적도 있지. 하지만 그녀와 대화하려 들지는 않았어. 눈으로 즐기려 했지. 그녀가 하는 모든 말들이 자네한테 실망을 주었으니까.

그래, 자네는 여성 혐오자였나? 그렇기도 하고 아니기도 하지. 사람들은 자네의 책을 읽으며 자네가 마지막 음유 시인이라는 점을 밝혀내려 했어. 하지만 자네가 하는 말을 듣고는 얼마나 다들 얼마나 실망하던지. 자네가 여성을 잘 알기 때문이야. 여성의 마음을 남성의 몸에 품은 자네니까 말이야. 근데 그건 비꼬인 여성의 마음이었어. 세상이 볼 때는 모든 게 제대로 된 듯했겠지. 단지 아이들에 대한 자네 태도에 대해서는 사람들이 확실히 오해했어. 그게 여성스럽고 어머니 같은 태도였다는 것을 그들은 몰랐어.

지나칠 정도로 물건을 정돈하는 자네의 성향, 깔끔함은 여성적인 성향이었어. 자네 집은 감동적이야. 그래서 나는 빈에, 도시 빈에 이 집을 시립 박물관에 옮겨 놓으라고 요청할 거야. 페아가 머물던 이 방을 갖다 놓을 자리가 있을 거야. 자네가 고르고 골랐던 벽지를 다시 바를 수 있겠지. 작은 성수 그릇, 묵주, 객실을 청소하는 아가씨가 자네에게 준 마리아첼산(産) 10크로네짜리 성모 마리아상과 함께 모든 게 옛 자리에 놓일 거야.

청소하는 아가씨들! 그들은 오늘 모두 무덤에서 울겠지. 하인도. 페아는 폭군이었어. 하지만 페아만큼 사랑받은 폭군은 없었을 거야. 폭군 중에서 가장 인간적이었으니까.

이 몇 줄로 자네가 충분히 설명되었을까? 아닐 거야. 그래도 할 수 없지! 빈 사람들을 이해시킬 만큼 충분히 크고 강한 목소리는 없을 테니까. 극작가 그릴파르처의 장례식 이후 빈의 아들 중 자네보다 위대한 인물이 무덤에 옮겨진 적은 없어.

오늘날 카페 첸트랄에서 볼 수 있는 페터 알텐베르크상.

슬로바키아 공화국

빅토라 키리노비츠에게!

봄에 슬로바키아로 펼쳐지는 농장에 간 건 처음이었지. 파종된 씨앗에서 돋아난 여린 싹이 뒤덮은 넓은 들판이 정말 마음에 들었어. 아직은 밀이 아닌 밀, 아직은 순무가 아닌 순무, 아직은 보리가 아닌 보리, 하다못해 아직은 풀도 아닌 풀이 돋은 이 들판. 축축한 초원은 좀 더 풍요로웠지. 굽이굽이 흐르는 작은 시내들을 에워싼 수천 송이의 황금빛 키 작은 꽃들. 여기저기 작년에 자란 덤불과 앙상한 나무 들이 우거진 숲. 저녁에 그 숲속에서 우리는 꿩을 봤어. 모든 짐승들은 평화로웠지. 모두에게 좋은 시절이기 때문이야. 이때 몇 주는 짐승들도 자신들의 살해자인 “인간”과 잘 지내지. 전날 저녁 식사 때 우리는 토지 관리인인 프리트 씨랑 슬로바키아 마을의 아름다운 아가씨들에 대해 이야기했어.

이 사람은 어찌나 친절한지, 다음 날 일요일 아침에 푸드메리츠와 슈테판스도르프 마을로 전화를 하더니 화려하게 차려입은 어느 마을의 예쁜 아가씨들이 사진을 찍으러 영주 저택인 “훈데게벨”[14] 농장에 온다고 알려 줬어. 소녀 넷이 왔는데, 아주 예쁜 수를 놓은 흰색 블라우스와 보라색 명주실로 수 놓은 폭이 넓은 검은 치마를 입었어. 머리에는 검은 비단 리본을 두르고 종아리에 딱 붙는 부츠를 신었는데, 정말 매력적이었지. 하지만 나는 실은 제일 어린 소녀의 아주 예쁜 눈만 쳐다봤어. 열세 살에, 이름은 빅토라 키리노비츠, 푸드메리츠의 어떤 관리 댁에서 일하는 소녀야. 그 소녀한테만 관심이 갔고, 곧 얇은 자수 블라우스만 입은 그 애가 춥지나 않을까 걱정됐지. 모피가 있었다면 기꺼이 갖다줬을 거야. 나는 그 애랑 사진을 찍었어. 사진 찍으며 그 애는 귀엽고 사랑스러운 표정을 지었지. 그 애가 "선택된 사람"이라는 걸 모두가 느꼈어. 사실이 그랬고.

하지만 그럼에도 불구하고 바로 그 이유 때문인지 사람들은 자기들도 모르게 그 애를 "최고의 꼬마 애인"으로 만들어 버렸지. 모두 "빅토라, 어이, 빅토라……"라고 불렀고, 웃거나 이런저런 행동을 했어. 어쩌면 상황에 딱 들어맞지 않는 말을 했을지도 몰라. 그런데 빅토라 키리노비츠는 품위를 지키며, 그저 어린아이처럼, 동시에 성숙한 여인처럼 미소 짓기만 했어. 저녁에 우리는 다시 들판을 지났고, 산바람과 눈바람이 몰아쳤어. 꿩들이 갈색 덤불 속을 총총걸음으로 걸어 다녔지. 아득히 멀고 넓은 들판은 "타펠른"[15]이라고 불리는데, 여름에는 엄청나게 풍성해진대. 거대한 밀짚 산이 쌓인 영주의 농장들이 이곳저곳에 흩어져 있었어. 어디선가 검은 유령 "담프플룩"[16]이

14 개 짖는 소리라는 뜻.

15 잔칫상이라는 뜻.

16 증기로 작동하는 쟁기.

불쑥 나타났어. 나는 생각했지. '빅토라, 몇 년 안에 너는 마을에서 제일 아름다운 아가씨가 될 거야. 춤추는 네 몸 바깥으로 속바지가 없는 넓은 치마가 둥그렇게 펼쳐지면, 너는 치마를 능숙하게 획 잡아당겨 다시 젊은 맨살에 휘감겠지. 너는 연애를 할 테고, 그 때문에 마음 아프기도 할 거야. 아니면 아주 평범한 일을 겪겠지. 그러니 생각해 줘, 빅토라, 내가 언젠가 저녁 들판을 달리며 은밀한 고통과 우정을 품고 아직 정해지지 않은 네 운명에 대해 깊이 생각했다는 것을……! 아마 토지 관리인 프리트 씨가 친절하게 이 편지를 네게 슬로바키아어로 번역해 줄 거야. 편지 내용을 다 이해하지 못한다면, 그저 단 한 가지만 알아 줘. 내가 너를 아주 좋아한다는 걸…….'

히스테리의 정도

상류층 소녀 네 명이 신문에서 생모의 아동 학대에 관한 끔찍한 사건을 읽었다. 쇠숟가락으로 세 살짜리 여자아이의 입술을 갈라놓고, 아물지도 않은 상처를 나중에 다시금 때린 것이다. 아이가 큰 소리로 울지 못하게 쿠션으로 누르기까지 했다!

첫 번째 소녀가 말했다. "끔찍해. 세상의 고통을 달래려면 대체 누구한테 가야 한단 말이야? 우리는 병이 들 텐데 아무도 도움이 안 된다니."

두 번째 소녀는 약간 창백해지더니 말이 없어졌다. 세 번째 소녀는 나중에 수프를 토하고 울기 시작했다. 네 번째 소녀는 다음 날 차를 타고 교외로 가서, 그 집을 찾아가 물었다. "당신이 그 불쌍한 여인인가요, 아동을 학대했다는 이유로 무고하게 팔 일간 감금형을 받은 사람이요?!?"

그러고 나서 소녀는 주먹으로 여인의 얼굴을 내갈겼다.

보라, 히스테리, 이 신경의 과민성, 인상에 대한 이 과도한 민감성은 정도가 다양하고, 따라서 결과도 다양하다. 아마 잔 다르크가 가장 심했을 것이다. 시인들도 자극에 과도한 반응을 보이는 이 질병을 앓고는 했다! 봄가을은 그들을 아주 히스테릭하게 만들어, 황홀경에 빠져 이 계절을 노래하게 한다. 이를 위해 그들은 안정, 평화, 삶의 행복을 희생한다. 그러나 온 인류에게는 참 유용하다.

우리는 간단히 말할 수 있다. "진정 교양 있는 사람의 히스테리는 '신경과민적 허약 상태'로, 이는 전체에게는 유용하다. 물론 개인, 즉 환자에게는 해를 끼치고, 삶의 행복을 느끼기를 몹시 방해한다!"

하녀들

내 어머니와 이모는 각각 17세, 18세였고, 빈의 플라이쉬마르크트 1번지에 있는 집에서 외할머니의 홀대를 받으며 자랐다. 외할머니는 일곱 아들의 출세에만 목을 맸다. 그러나 두 딸 파울리나와 헤르미네는 기가 막히게 예쁘고 얌전하며 호리호리했다. 둘은 무도회에서 부유한 집안의 두 형제를 알았다. 이들은 자매의 비위를 맞춰 주었고, 자매는 집에서 받는 홀대와 정반대되는 정말 기분 좋은 상황이라고 느꼈다. 따라서 둘은 낯선 남자들, 두 형제에게 쉽게 결혼 승낙을 해 버렸다. 그들은 결혼하고, 아이를 낳았고, 아주 예민해졌으며, 그 결과 하녀들을 학대하게 되었다. 사는 동안 아무도 그들에게 무엇이 옳고 그른지 말해 주지 않았다! 그래서 그들은 "집안 규율"을 가장 중요히 여기게 되었다! 매일 아침 7시 정각에 식당과 노란색으로 칠한 살롱은 말끔히 청소되었다. 불쌍한 하녀들은 아무 관심도 안 가는 이런 일을 일생일대의 과제로 여기도록 강요받았다! 사는 동안 아무도 두 자매에게 이것이 미친 짓이며 범죄라고 말해 주지 않았다. 대신 모든 사람들은 피할 수 없는 운명에 복종하듯 두 사람에게 굴복해 버렸다. 단지 하녀를 소개해 주는 사무소만 두 자매를 두려워하며 피했다. 직원들은 많은 불행한 사람들에게 말했다. "그곳에서 일하지 마세요, 끔찍해요!"

그렇게 두 자매는 가난한 소녀들의 도깨비가 되었고, 이제 아무도 그들 집에 일하러 오려 하지 않았다! 그러자 언니의 아들은 언젠가 말했다. "두 분은 사랑 없이 결혼했어요. 그러니 그것 때문에 망가진 신경 안에 뭐가 남았겠어요, 가련한 하녀들을 괴롭히는 것밖에는?!" 그러나 어느 날 젊은 교구 사제가 집에 왔고, 자매는 그에게 반했다. 이제 가련한 하녀들은 푹 잘 수 있었고, 더 이상 식당과 노란색 살롱을 청소하지 않아도 되었다. "똑부러진 살림살이"의 의미는 사라졌고, 하녀들은 11시부터 8시까지 잤다. 평화롭게.

하녀 소개소의 사람들은 말했다. "그곳은 근무하기 쉬워요. 부인들이 아무것에도 신경을 쓰지 않아요. 그리고 신부님은 봉사료를 잘 주시죠……."

그러나 어느 날 다시 예전으로 돌아가 버렸다. 남편들이 "교구 사제"를 내쫓은 것이다. 아침 7시 정각이면 이미 식당과 살롱은 깔끔하게 청소되었고, 가련한 하녀들은 마구 부려졌다.

앙갚음

거리에서 아주 우아한 낯선 신사가 아주 우아하게 옷을 입은 젊고 아름다운 여인에게 다가와서는 정중하게 인사했다.

"정말 아름다운 옷이군요. 제가 당신께 선물드린 것이죠……."

"무슨 뻔뻔한 말씀이세요! 어떻게 그런 말씀을 하실 수가 있어요?"

"흥분하지 마세요, 아름다운 부인. 말씀드린 대로입니다. 사실 당신 남편이 제게 빚을 졌습니다. 저는 당신 남편한테 친절하게 돈을 빌려주었는데, 지금은 그 돈이 급해졌지요. 만일 그가 그 돈을 정확한 일자에 돌려주었더라면, 당신께 이토록 멋진 옷을 사 줄 수는 없었겠지요! 그러니 이 옷은 제 돈으로 산 거나 마찬가집니다. 조언 한 가지만 하겠습니다. 당신은 충분히 아름다워서, 이 멋진 옷을 포기할 수 있을 거예요! 불만한 사람이 보잘것없는 걸로도 좋은 효과를 내는 게 이기는 방법일 겁니다! 실례했습니다, 안녕히 가십시오."

여인은 집으로 와서 옷을 잘라 버리고는, 아주 소박하고 정말 멋지며 독특한 매력이 있는, 지금까지 아무도 본 적이 없는 옷을 직접 만들었다.

남편이 물었다. "내가 사 준 옷은 어디 갔소?"

"잉크를 쏟았어요. 미안해요, 옷이 완전히 못쓰게 되어 버렸네요……."

그는 어떻게 그녀를 얻었을까

"아, 제 생각에 당신은 제게 어떤 이해심을 품은 것 같아요, 아마 다른 많은 사람들은 저같이 별 볼 일 없는 성품을 지닌 사람한테는 그런 이해심을 보이지 않을 거예요……."

"네, 네, 네, 저는 당신을 가치 있는 인간 존재의 '배아'라고 생각해요! 당연히 지금까지 아무도 당신한테 공을 들이지 않았을 겁니다."

"아, 무슨 말씀을, 저만의 영역에 있을 때 제가 어떤지 아직 모르시잖아요! 저녁에 아늑한 제 방에서, 제가 편안한 실크 잠옷을 입고 머리를 풀고, 큰 소리로 샹송을 부른다면……."

"그렇죠, 옳은 말씀입니다, 저는 그런 당신 모습은 아직 모릅니다! 하지만 아시겠어요? 유감스럽게도 제게도 힘겨운 일입니다. 저는 사소한 생활의 가장 수준 낮은 일상의 용무를 행하는 당신과 사귀기로 작정했습니다. 그 속에서 뭔가 가치 있는 것, 특별한 것을 느끼게 된다면, 그러면, 그러면 저는 당신을 더 깊이, 더 제대로 알게 되겠죠, 당신의 낭만적으로 '연출된 환경'에서보다 말입니다!"

"아, 지금까지 전 당신이 이상주의잔 줄 알았는데요……."

"네, 바로 그 때문에 저는 기꺼이 제때 버릇없는 아이들의 따귀를 때려 줍니다!"

발레리 부인의 편지

나는 결코 당신에게 가지 않았을 거예요, 당연히, 결코, 절대로. 당신이 내 뒤를 따라 죽으리란 사실을 알고 있었지만 말이에요. 당신은 수백 번 내게 그런 말을 써 보냈고, 부서져 가는 당신의 병적인 눈길에서 나는 그 사실을 수천 번 읽어 낼 수 있었죠, 아주 분명하고 간단하게, 당신이 나를 정말 필요로 한다는 걸요. 하지만 내겐 당신을 구할 동기가 없었어요. 나는 당신을 당신의 운명에 맡겼죠, 다른 식으로 말하자면 사랑 없는 수많은 남성들이 불운한 여성의 마음을 아무 거리낌 없이 다시 그녀의 운명에 맡기듯이 말이에요…….

그런데 이제 드디어 내가 당신에게 갔어요. 사실은 의사가 내가 그저 일 년 조금 넘게 살 거라고 알려 줬어요. 인생을 즐기는 사람에게는 짧은 시간이죠. 그래서 나는 지체 없이 삶을 살펴보았죠. 그러고는 알았어요, 내가 베풀고, 베풀고, 또 베풀 수 있는 사람은 당신뿐이라는 걸요, 마치 샘물이 목마른 자에게 베풀듯이! 이것이 사랑 혹은 그 밖의 인간적인 무엇이라고 생각하지 않으세요? 자신을 타인 안에, 정신적으로, 기억 속에 유지시키는 것, 완전히 죽지 않는 것, 갑자기 불이 꺼져 소멸되지 않는 것, 이것은 죽어 가는 생물체의 이기주의죠. 그러니까 당신은 말입니다, 선생님, 오늘 몇 년 동안 열망하던 내 육체를 즐기셨어요. 내가 죽은 뒤에 당신은 나를 더욱더 생생하게 마음속에 되살리게 될 거예요. 그러니까 보세요, 그것은 나의 "부활"입니다. 사랑과는 아무 관계 없는 것이죠. 사람들은 죽은 뒤에 그저 간단히 어떤 특별한 마음속, 정말 의심의 여지가 없는 그런 마음속에 여전히 살기를 바라죠! 나는 나를 위해 기념비를 세웠어요, 그뿐이에요!

감독관

그가 그녀에게 말했다. "부인, 유감스럽지만 '여성의 절개'란 생각할 수 없습니다. 저는 아직은 생기지도 태어나지도 않은 여인의 모든 간통을 현재 그녀의 얼굴에서 읽어 내지요. 내면에서 무슨 일이 일어나는지 얼굴에서 읽어 내는 겁니다. 그녀가 늙은 고해 신부인 제게 편지로 고백했듯 말입니다. 그저 흘긋 쳐다보는 것만으로도 이미 배신이죠!" 그리고 그는 늙고 사악한 마술사처럼 본래 정말 정조 있는 이 여성에게 가차 없이 말했다. 그녀가 거의 혹은 정말로 완전히 자기도 모르게 "신경 히스테리" 때문에, 즉 다루기 어렵고 복잡한 존재가 겪는 모든 일에서 자신을 제어할 능력이 없기 때문에, 모임의 어떤 남자에게 "달려든다"고 말이다. 그는 이런 말로 그녀를 괴롭혔다. 당연히 사랑하는 남편에게 고자질하지는 않겠지만, 그는 비록 아직 초기 단계에 있는, 그래서 가장 위험한 단계에 있다고 볼 수 있는 그녀의 은밀한 죄악을 아는 사람이기 때문이었다.

그리고 어느 날 저녁, 찌는 듯이 덥고 혼탁한 공기로 가득한 여름밤에 그녀는 촘촘한 회색 베일을 쓰고 레스토랑에 앉아 있었다. 모든 사람들이 이에 대해 말했고, 장난스럽고 애정이 넘치는 방식이기는 했지만 그녀의 남편도 그녀를 놀렸다.

그때 그녀를 괴롭히던 사람, 사실 오래전부터 그녀를 굉장히 좋아했고 그녀 때문에 많이 울기도 했던 그 사람이 말했다. "베일을 통해 당신의 사랑스러운 얼굴에서 당신의 감정을 훨씬 잘 알아차릴 수 있습니다, 그 감정들이 이 무더위에 베일을 계속 붙잡고 있을 수밖에 없다는 점을 통해서 말이에요."

그러자 그녀는 절망하며 베일을 벗었고, 난생처음으로 그에게 천진난만하고 간청하는 듯한 눈길을 보냈다. 이후 그는 그녀를 운명에 맡겼다.

우리 문화의 미래
문화 경향과 문화 정책에 대한 의견

내 생각에 다가올 인류에게는 딱 한 가지 문화 사명이 있다. 즉 인류의 생리학적 재생이다! 완전히 달라진 식생활에 따른 엄청난 삶 에너지의 축적! 정신적 과중에서 벗어날 다른 해결책은 없다! 에너지가 고갈된 인류가 어서 적당한 순간에 이를 깨달으면 좋으련만! 예전부터 내려온 선입견이 아니라 정평이 난 원칙에 따라 산다면, 우리의 몸에 아직 발굴되지 않은 수십억 에너지 보물을 활성화할 수 있다! 영양 섭취만이 그 방법이다! 신체적·성적·정신적·영적·경제적 범주에서 통용되는 경제 이론은 영양 섭취에 대해서는 여전히 감도 못 잡는 상태다! 모두 이제까지 정말 아무것도 아닌 것, 아무것도 아닌 것에 힘을 허비했다! 생명력을 엄청나게 아껴야만 한다. 오직 이를 통해서만 인류의 재생은 가능해진다! 부담이 크기는 하지만 인간은 여전히 식이요법으로써 얼마든지 이런 절약을 할 수 있다.

인간이 일하는 모든 공간에 산소가 풍부한 신선한 외풍을 들이기 위해서는 아주 엄격한 법규가 제정되어야만 한다.

"류머티즘"은 악마의 단어로, 인간에게 산소가 가장 많이 들어 있는 공기, 즉 외풍을 허용하지 않는다! 특히 우리는 피부를 단련하고 폐를 단련해야 한다! 예전에는 기차 1등칸에서 다음과 같이 안내했었다. "단 한 명의 승객이라도 맞은편 창문을 열어 달라고 요청하면, 모든 분들은 그 말을 따라 주셔야만 합니다." 바로 이것이 미래의 문화가 따라야 할 가장 중요한 임무다! 이렇게 하면 사랑하는 아이들의 사춘기는 최대 16, 17세 때까지 지연될지도 모른다. 유기체는 서서히 성장할수록 삶의 에너지를 많이 저장한다! 그러니 베를린의 슈테른베르크 박사의 책들을 읽어 보시라! 현대 식이요법에 따른 요리책들로, 프랑스와 독일의 최고 요리사들과 함께 쓴 것이다. 물론 이 책들은 부분적으로는 "상위 1만 명"을 위한 것이다. 하지만 그들의 "깊은 통찰", 예를 들어 "콩 퓌레는 껍질을 벗기지 않아 소화가 잘 안 되는 콩보다 덜 귀하다."라는 주장은 자연에 합당하며 모두, 모두를 위한 것이다!

이러한 문화적 사명은 영양사와 위생학자가 시작할 수밖에 없다. 이 밖의 다른 길은 오솔길조차 나지 않은 우거진 관목 숲으로 이어지는 길이며, 벼랑으로, 벼랑가에 얼어붙어 부서지기 쉬운 눈으로, 눈으로 된 가짜 언덕으로, 즉 발판으로 삼을 수 없는 곳으로 이어지는 길일 게다. 몸속에서 이십사 시간 안에 절약될 수 있는 수십억의 삶 에너지를 인간은 "무지"와 "경솔함" 때문에 낭비해 버린다! 온갖 방법과 방식으로 말이다. 언젠가 나는 쓴 적이 있다. "활짝 피어나고 있는 소년이 난생처음 여인의 손을 잡을 때 정신적으로 다정하게 어루만졌는지 혹은 관능적으로 흥분해서 잡았는지에, 장차 겪을 모든 날의 운명이 달려 있다!" 정신적인 것은 절대 원기를 낭비시키지 않는다! 즉 정신은 우리 힘을 절약해 준다. 정신적으로 다정하게 사랑하는 일은 아주 드물기 때문이다. 그러나 다른 모든 흥분은 매일, 매시간 가능하다. 그것은 한층 고귀한 것 혹은 한층 중요한 것을 위해 꼭 필요한 우리 삶의 에너지를 "다 먹어 치운다!" 수십억 삶의 에너지를 몸에 저장할 방법에 대한 지식, 이것이 이제까지 위험한 무의식의 제국 안에서 마치 아기처럼 안정되고 편안하게 살았던 인류 미래의 진화다! 알아 가는 것이 전부다! 당신이 행하거나 행하지 않는 모든 것은 어쩌면 그러는 것이 몸에 이로울지 해로울지 저울질하는 당신의 생각에 달려 있다. 삶에서 가장 가치 있는 것을 위해 당신의 모든 힘을 아껴라! 정신적·영적·경제적·성적 관계의 잘 이해된 절약 체계, 그것이 이제까지 제 힘을 모른 채 멍청하게 허비한 인류를 구원할 최고의 방법이다, 개인에게나 인류 전체에게나! 인류의 귀중한 힘을 절약하는 것이 전부다!

오직 이를 따르는 것만이 신에 가까운 새로운 인류를 번영시킬 수 있다.

일례로 아침 7시 정각에 일어나야만 한다. 하지만 걱정 마라, 저녁 7시 정각에 몸을 뉘어 쉬면 된다, 물론 창문은 열어 둔 채! 하나님은 "자연에 맞게 사는 사람들"은 지켜 주시지만, 제 삶의 기계를 미숙하게 다루는 사람들에겐 영원한 벌을 주신다! 신은 모범을 원하며, 이를 완성한다, 인식을 사용하여! "구원의 길"은 삶의 에너지에 대한 정신적 감독을 시작한다, 모든 활동 영역에서! 인간의 힘을 저장하는 엄청난 축전지가 생길 것이나 이 힘들은 모두의 안녕에 대한 심오한 지혜가 있을 때만 사용할 수 있다!

우리 안에는 여전히 "신의 에너지"가 잠재해 있다. 언젠가 영웅과 순교자에게서 개별적으로만 나타났던 그 에너지가! 전에는 영적인 길을 가면서 고양되는 황홀감에서 가끔 얻었던 것을, 이제는 생리학적 길에서 여러모로 얻을 수 있다! 다방면에서! 위생학과 섭생학, 예방학과 총명한 절약이 인류 미래의 문화적 사명이다!

모든 것은 자기 길을 간다
오 분짜리 장면에 일 년이 담겨 있음

법원의 심리.

재판장이 일어선다.

재판장 공장주인 안톤 로망스호른에게 아내 자르튀파를 살해한 벌로 징역 십 년을 구형한다.

군중 속에서 젊은 중위 차르스키가 기절한다.

일 년 전.

붉은색으로 칠해진 쾌적한 식당. 붉은색 등갓, 붉은색 식탁보, 붉은 비단 끈으로 묶인 냅킨, 식탁 위 각자의 접시 앞에 있는 붉은 꽃병엔 붉은 튤립.

로망스호른 당신은 식당으로 붉은색 교향곡을 만들었군, 낭만적인 자르튀파.

그녀 당신이 새 친구를 위해 뭔가 특별한 걸 해

달랬잖아요. 솔직히 말하면 내가 모르는 사람 때문에 우리 집이 신성 모독 당하는 기분이에요. 모든 방들은 정말 놀라울 정도로 우리의 평화와 조화된 시간에 대해 얘기하고 있어요. 그런데 어떤 사람이 갑자기 얼음같이 차갑고 이해력 없는 눈으로 우리 집을 들여다보게 되었네요!

로망스호른 당신한테 그런 부담을 주지 말걸 그랬소. 하지만 나는 삶의 상황이 다른 두 남자가 이토록 공통된 성향과 이해심을 가지고 있을 줄 정말 몰랐소, 차르스키와 나 말이오. 나는 공장주인데도 약간은 낭만적인 사람이고, 그는 군인이면서도 낭만가지.

벨이 울린다.
소녀가 차르스키 중위가 왔다고 알린다.

로망스호른 내 친구 차르스키 중위요, 자르튀파!

차르스키 전 그저 군인에 불과하지만, 남편분께 진심어린 우정을 품고 있습니다.

사람들이 저녁 식사 자리에 앉는다. 소녀가 식사 시중을 들기 시작한다.

차르스키 붉은색 교향곡이군요, 이 식탁은.

그녀 우리 집의 분위기를 좋아하신다면, 다음에

는 좋아하시는 색깔로 꾸밀게요, 중위님! 무슨 색을 좋아하세요?

차르스키 초록색이요.

그녀 좋아요, 그러면 꽃 대신에 양치류를 쓰죠. 오늘 식사로는 생선튀김을 택했어요. 우리처럼 중위님도 마음에 드셨으면 좋겠네요.

로망스호른 중위에게 아첨하려는 건 아닌데, 당신이 중위를 좀 더 잘 알게 되면…….

그녀 마리, 중위님께 우리 집 명품 와인인 "구트로망스호른"을 따라 드려.

그가 자르튀파에게 가볍게 몸을 숙이며 와인을 마시는 동안 막이 내린다.

정신 질환자를 위한 요양원

큰돈을 벌기 위해서는 "정신 질환자"를 위한 요양원을 지어야만 한다. 그러나 유감스럽게도 정신이 건강한 사람들이 지어야 한다. 이들은 당연히 정신 질환자에 대해 아무것도 모른다. 하지만 자기 자신을 위해 그런 병원을 지으려는, 진짜 심각한 정신 질환을 앓는 건축가가 어디 있단 말인가?! 건축가에게 정말로 정신 질환이 있고 정말로 에너지가 없다면, 정신 질환자가 그러듯 그가 진지한 업무에 정말로 집중할 수 없다면, 정신 질환자를 위한 이 치료 기관을 지을 수도 없을 것이다! 따라서 정신 질환을 위해 예정된 건축가는 그 목적을 위해 실제로 정신 질환에 걸린 현대적 인간과 결속해야만 한다! 정신 질환은 파산과 같다! 벌어들인 것보다 지출하는 것이다. 그러니 파산은 당연한 결과다. 그토록 간단하다. 과도 지출은 신경의 자기 파괴다! 이제 유기체의 살림에서 지출보다 수입을 늘린다면, 점차 다시 "정상적인 상태"가 될 것이다. 이는 정신 질환자를 위한 요양원의 유일한 과제이고, 그러지 않는다면 명백한 사기다! 전혀 방해받지 않고, 저절로 눈이 떠질 때까지 푹 자도록 잠을 보장하는 것이 "재정비"를 위한 첫 번째 필요조건이다. 충분히 휴식을 취해 스스로 다시 활발하게 활동하고 싶어질 때, 그때서야 모두 잠에서 일어날 게다! 그때까진 무덤과 같은 정적이 그의 주변을 에워쌀 것이다. "거주자 주의 사항"은 야비한 짓이다. 모두에게 자신만의 성스러운 아침잠이 보장되기를! 무엇도, 그 무엇도 잠든 이를 깨우면 안 된다, 단지 충분히 휴식을 취하고 삶에 충만한 그 자신의 자연이 깨워야 한다! 나아가 신경과 의사는 부엌의 "1등 요리사"여야 한다. 그러면 약보다 수천 배나 중요한 것이 처방될 게다. 예를 들면 시금치를 곁들인 송아지 지라는 다른 채소를 곁들인 질긴 베이컨보다 수천 배나 많은 삶의 에너지를 생산한다. 대체 왜 영양가 풍부한 에멘탈 치즈[17]를 걸러 수프를 만들지 않고, 겨우 소량을 닭고기 수프에 넣는 걸로 그칠까?!? 모든 인간은 돈을 벌려고만 든다. 그런데 대체 왜 지불하는 사람이 만족할 "분별 있는 방식"으로 벌려고 들지 않는 것인가?! 이해가 안 된다. 정신 질환자를 위한 요양원에서 의사는 그저 회복식만 제공한다, 마치 이미 염증이 과한 탓에 일반식이 위염이나 장염을 일으키기라도 할 듯이! 정신 질환자는 "요람에 있는 아이" 혹은 "산후조리 중인 여인", 아니면 심하게 체력이 손상된 수술 후의 환자와 비교될 수 있다! "일상의" 삶은 그를 생명력의 파산으로 몰아넣었고, 단지 "비일상적인" 삶만이 그를 다시 구출할 수 있다! "행복한 사랑"이 당연히 비범한 회복제일 것이다. 그러나 그런 회복제는 좀처럼

17 Emmenthaler. 구멍이 숭숭 뚫린 치즈로, 스위스 베른에 위치해 있는 에멘탈이라는 지명에서 이름을 따왔다. "스위스 치즈"라고도 불린다.

만들기 어렵다. 안정과 소화가 잘되는 음식, 그것은 조달할 수 있다! 단 한 명의 환자도 다른 사람을 어떻게든 방해하고 자극하고 성가시게 할 수 없다. 옆 사람의 "버릇없음", 그것만으로도 신경이 약하거나 과도하게 예민한 모든 사람은 정신 질환에 걸린다. 모든 대화, 미숙한 질문, 과도한 참견, 수천수만의 것들이 여기에서는 신경을 파괴한다. 의사는 이곳을 수호자, 보호자로서 관리한다!

의사가 다음과 같이 말하면 정말 친절하리라. "선생님, 담배를 적게 피우세요, 정 생각나실 때만 피우고, 피우더라도 약한 것으로 피우세요."

베이컨은 추방당한다. 다음은 우대를 받을 것이다. 살찐 어린 닭, 거세한 수탉(슈타이어마르크산), 자고새, 송아지 지라, 머릿골, 바닷물고기, 가시고기, 곤들매기, 아주 연하고 밝은 분홍빛이 도는 1등품 햄, 송아지 뼈로 만든 젤리, 프랑스 정어리, 참치 등등.

이상적인 음식은 다음과 같다. 뼈를 발라낸 살찐 어린 닭의 가슴살과 완숙 달걀노른자가 든 걸쭉한 완두 수프. 가시를 발라낸 가시고기가 든 토마토 수프. 푹 끓인 흰 살코기로 만든 1등급 죽 혹은 수프, 닭고기 국물에 들어 있는 뼈를 발라낸 생선 한 토막 등등.

잠은 야외 풀밭에서 광택을 낸 놋쇠 평상에서 자고, 특히 오후에는 식사를 마친 뒤에 잔다. 낮잠은 원상 복구에 좋다. 환자와 회복기에 있는 사람에게는 반드시 필요하다. 고로 낮잠은 건강한 사람에게 정말로 권장할 만하다. 신경 질환자는 환자이지만 아무것도 부족하지 않으며, 건강한 사람이지만 아픈 것이다!

낮이고 밤이고 맑고 상쾌한 공기를 마시는 것이 가장 중요하다. 피부 마찰용 장갑으로 마른 상태로 부드럽게 문질러 피부를 외풍과 습기에 강하게 만들어야만 한다. "예의범절"이 요구하는 것 이상으로 옷을 입지 마라. 그리고 예의범절은 세련된 사람에게는 별로 요구되지도 않는다. 여인들에게 이상적인 복장은 짧은 비단 양말, 샌들, 맨다리, 발이 보이는 스커트, 채우지 않은 깃, 헐거운 소매다. 이상적인 남성 복장은 영국식 짧은 양말, 샌들, 무릎까지 오는 짧고 넓은 바지, 부드럽고 헐렁한 영국식 셔츠다. 모자는 태워라. 삼베로 된 차양을 치고 당구대를 야외에 놓아라, 도서관도 야외에. 어떻게 세우는가는 건축가의 몫이다. 하지만 모두, 모두 다 야외에 설치하라. 건축가는 "위생사"로 자신을 승급시켜야만 한다. 돈 드는 그의 "미학적 즐거움"은 우리를 회복시키지 못한다!

모든 방은 몹시 멋지며, 대부분 신선한 공기와 빛이 들어오는 곳이다. 감옥 같은 방, 형무소 같은 살롱의 형태에서 벗어나 적어도 열린 새장 정도는 되어야만 한다, 마치 귀한 새에게 알맞게끔 야외에 날아다닐 수 있게 설치된 대형 새집인 양 말이다!

신선한 공기는 영원한 재생제이며, 가슈타인, 프란첸스바트, 테플리츠 같은 온천지에 가는 것보다 싸게 얻을 수 있다. 아무 걱정 없는 부유한 인간들 중 "건강해" 보이는 사람은 얼마나 적은가?! 마치 경주마 혹은 품종 좋은 개 같지 않은가?! 그들 조직체에 따라서, 그들의 내면에 깃든 성스러운 법칙에 따라 생활 태도가 관리되지 않기 때문이다!

"얼굴에 나타나는 행복이 깃든 표정"은 완벽하게 작동하는 생명 장치의 자연스러운 효과다. 시인과 예술가는 "내면의 불"을 통해 이에 대한 충동을 느끼지만, 이는 다른 사람에게는 허용되어 있지 않다. 표정은 아주 제대로 내면을 반영한다.

정신 질환자보다 쉽게 병이 낫는 사람은 없다! 이 환자는 그저 자신의 요양소를 짓고, 설비하고, 운영하기만 하면 된다! 그런데 그러는 대신 친절하고 건강한 사람이 그를 위해 이런 일을 한다. 건강한 사람들은 이 모든 것을 "아주 좋은 의도"로 한다. 하지만 그들은 정신 질환자를 도울 방법을 알기 위해, 우선 스스로 "망가진 신경", 일정량의 "독창성", 다시 말해 "직관"을 가져야 한다! 건물은 신선한 공기와 빛이 드나드는 통로여야 한다! "무덤 같은 정적"이 철저히 보장되는 곳이어야 한다. 모든 인간은 수천 가지 것들로 다른 사람의 신경을 죽인다. 이제 지체 없이 그것을 저지하도록 애써야만 한다! 만일 누군가 한 인간을 이웃의 불쾌한 행동, 비겁하고 음험한 공격에서 잠시 보호한다면, 그는 이미 그 사람을 요양소에서 절반쯤 회복시킨 셈이다!

결론 정신 질환자를 위한 현대식 요양소란 중병이 든 건강한 사람들, 아주 건강한 환자들을 위해 이제까지의 모든 "상투적인 거짓말"과 관계를 끊는다는 뜻이다! 일종의 창살로 된 개방적인 집을 연상해야만 한다, 공기와 빛이 엄청나게 들어오는 집, 그것들을 방으로 빨아들이는 집을 생각하면 된다. 모두에게 완벽한 안정이 보장되어야 하는데, 반대로 심심풀이, 즉 반드시 자아로부터 벗어나 기분 전환을 할 수 있는 가능성도 보장되어야만 한다. 비, 외풍 등을 치료제로 판단하고 간주할 수 있어야 한다. 특히 피부를 단련하기 위한 치료제로!

가혹한 신경과 의사의 "보잘것없는 암시 효과"는 중단되어야만 한다. 암시 효과는 단 한 가지밖에 존재하지 않는데, 바로 성스럽고 영원히 온화하며 사려 깊은 자연이다!

소화 활동에 큰 관심을 기울여라!

십억 개 삶의 에너지가 모든 유기체 안에 필수품으로 저장되어 있기를 바라는 것이 요양소 소장의 유일한 소망이어야 한다! 지적이고 거의 천재적인 신경 질환자만이 요양소 소장을 그런 방면에서 계몽시킬 수 있을 텐데, 많은 이들이 어둠 속에서 자신의 존재를 불안하게 더듬어 붙잡는 반면, 그는 자신의 건강과 고통을 알기 때문이다! 얼굴의 표정, 환자의 기분은 모든 것을 알려 주어, 속일 수가 없다. 충분하거나 넘치는 생명력을 가진 사람은 이를 감출 수가 없다! 그의 걸음걸이가 그의 상태를 드러낸다. 만성 질환을 앓는 사람, 걸음이 어설픈 사람, 고개를 숙이고 땅만 보고 가는 사람, 고개를 들어 땅에서 멀어지려 하지 않는 사람, 그는 아프다! 지적인 신경 질환자만이 신경과 의사의 영원한 교사가 될 수 있다. 신경 질환자는 의사에게 의사의 잘못된 관점을 고쳐 주는 가치 있는 대상이 되어라, 의사의 아는 척을 실행에 옮기게 하는 잘못된 기회를 주는 사람이 되어서는 안 된다!

유흥업소

때가 되기 전에, 예상보다 일찍 자신을 포기한 대단히 대단히 아름다운 여인들이 있다. 그들이 진짜로 자신들의 부양자에게 감사하며 지내는지, 아니면 사랑하는 어린아이에 대한 애정으로 낮이고 밤이고 헌신하는지는 모른다. 그들은 극장에서처럼, 희롱의 동화 세계 속에 앉아 운명들, 저들의 것이 아니며 절대, 절대로 저들의 것이 될 수 없는 운명들을 바라본다! 그럼에도 그들은 뭇 사람의 눈길을 사로잡는 모자와 옷으로 치장했고, 그들 모두는 해적, 도둑, 경박한 사람들에게 끌림을 느낀다. 하지만 최종적으로는 안락과 삶의 질서를 택했다. 그들에게 위험한 사람은 아무도 없다. 왜냐하면 그들은 "정돈된 상태"라는 정복할 수 없는 성채에 살기 때문이다. 그러면서도 그들은 커다란 오락 극장에 "체면"을 차리고 있는데, 사실 제대로 말하자면 "내면"을 지키는 것이다. "경박"이라는 독에 사로잡힌 듯 상냥하고 활기차게 행동하는 것이다. 하지만 자기 사회 남성들의 "전반적인 분위기"를 해치지 않기 위해 그리 행동할 뿐이다. 남편들이 당연히 그들이 실행하지는 않지만, 자신과 아내가 지금 막 은밀히 파괴하려는 것을 너그럽게 봐주는 듯 보이기 때문이다. 그리고 여자에게 정중하고 친절한 남자들, 즉 난파 화물의 약탈자들은, 여인과 나누는 둘만의 대화에서 여인은 푸른 들판의 어린양이고, 가능하다면 자신들 모두는 학살을 자행하고 싶어 하는 늑대인 듯한 표정을 짓고 있다. 왜냐하면 아름다운 여인이, 꿈속에서 가끔 "엄마"라고 속삭이는 아이가 있는 그 방을 생각할 때는, 이게 가장 잘 먹히는 방법이기 때문이다. 나는 도덕주의자가 아니다. 하지만 내가 이 경우에 도덕주의자라면, 이번에는 예외적으로 도덕주의자임이 창피하지 않다! 평소에는 분산되어 있는 존재 속에 내재된 유일하며 가장 중요하고 가치 있는 것에 "집중"할 수 있는 것, 그것이 "예의"다! 예의란 짧은 삶 속에서 가장 중요한 일에 자기 최고의 힘을 온전히 사용하는 것이다. "무례"란 "아무것도 아닌 것, 정말 아무것도 아닌 것"에 자신을 탕진하고 파괴하는 것이다.

그녀가 "도약하기" 직전

"아가씨, 당신 손을 잡는 건 정말로 나를 행복하게 합니다."

"그래요?! 그런데 내가 얻는 건 뭔데요?!"

* * *

"저한테 편지 쓰셨지요?!"

"아, 네, 실례했습니다."

"저기요, 말씀해 보세요, 왜 그런 일을 하세요?!"

"마음의 충동으로요."

"가 봐요, 보세요, 벌써 아주 많은 사람들이 나한테 그렇게 말했어요."

* * *

"저기요, 나는 당신한테 전혀 호감이 가지 않아요. 다른 좋은 동료들처럼 그냥 단순히 친구를 하는 게 낫지 않을까요?!"

"아뇨, 아가씨, 저는 그럴 수 없어요!"

* * *

이봐요, 당신이랑 극장에 가지 않겠어요, 소문이 나는 걸 원치 않기 때문이에요! 나는 당신이 정말 좋아요, 괜찮잖아요?! 하지만 사람들은 다르게 생각해요.

경의를 표하며, 말리가

* * *

"그러니까 당신은, 당신은 늘 저에게 정말 친절했어요, 당신한테 고백해야만 하겠어요, 나는 더 이상 자유롭지 않아요."

"?!?"

"나랑 결혼하고 싶어 하는 사람이 저기 있어요."

"그렇군요, 그 남자를 사랑하세요?!"

"사랑하냐고요, 사랑이 뭔데요?! 그 사람은 그냥 배려로 나를 가만 내버려 둘 뿐이에요!"

"그 사람이 적어도 나만큼만 다정하게 당신한테 매달리면 좋겠어요, 말리."

* * *

"약혼자가 당신을 이유로 절 몹시 비난했어요."

"저 때문에요?!? 그랬군요, 별일은 아니겠죠?"

"그 사람이 당신 편지를 발견했어요."

* * *

오늘 당신과 극장에 가겠어요. 약혼자가 절 방치했기 때문이에요. 하지만 제가 다른 사람과 같다고는 생각 마세요. 제 여형제가 함께 갈 거예요.

말리가

* * *

당신이 제 여형제에게 "마음이 몹시 끌렸다."라는 걸 제가 제대로 눈치채지 못했다고 생각하신다면, 단단히 잘못 짚고 계신 거예요. 내가 지금 당신의 편지를 끝까지 다 읽고 있다니 정말 우습군요. 아직 아무것도 약속하지 않은 게 다행이네요.

말리가

타자수 아가씨

고풍스러운 궁전. 거대한 마당. 아주 낮고 넓은 층계로 된 야외 계단. 그리고 곧 타자 쳐 주는 사무실로 이어지는 가파른 탑 계단. 모든 것이 지나치게 깨끗하다. 나는 사무실 아가씨에게 『여성의 의무: 제 몸을 살아 있는 예술품으로 꾸미는 것에 대하여』라는 책에서 "발췌"한 부분을 타이핑해 달라고 부탁했다.

그녀가 물었다. "이절판에다가요, 아니면 사절판에다가요?!?"

"사절판이요." 내가 대답했다. 그녀는 키가 정말 크고 호리호리하며 아주 젊고 손이 참 예뻤다.

내가 말했다. "당신한테는 이 책이 소용없겠어요!"

"아, 전 그냥 사람들이 맡기는 것들을 받아 칠 뿐이에요."

"이 직업이 좋으십니까?!"

"당연한 것 아닌가요?! 한 달에 80크로네를 받는데, 초과 근무 수당도 있어요."

"오늘 저녁에 할 일이 많으신가요?!?"

"아주요."

"그러면 제 발췌본을 오늘 저녁까지 해 주시기 바랍니다."

"왜요?!"

"'초과 근무' 수당을 받으실 수 있게요."

"원하시는 때에 원고를 받으실 수 있을 거예요."

이게 시작이었을까, 이게 끝이었을까?!

하지만 마음에 관한 모든 일은 이렇게 시작된다!

풍경

우리는 그곳에 앉아서 뜨겁고 향기 나는 황금빛 차를 마셨다. 차는 4월 저녁의 서늘한 습기를 몰아냈다. 우리는 아무 말도 없이 대지의 장관을 바라보았다. 산과 언덕에서, 점점 어두워져 가며 휴식을 취하는 세상에서 숲의 바람이 불어왔다! 하루살이 같은 "인간", 숲의 바람이 언덕과 산에서 불어올 것이다, 늘 저기서……

아니타, 오늘처럼 그렇게 장밋빛으로 아름다워진 당신을 본 적이 없어. 친구의 가슴에 안전하게 기댄 동시에 우주에 잠겨 있는 당신을!

멀리 기차가 삑 소리를 낸다. 쫓겨난 듯한 개 한 마리가 심심한 듯 짖었다. 어디선가 낯선 사람들이 지나치게 큰 소리로 웃었다. 아니타, 당신이 지금 이 시간보다 내게 가까웠던 적은 없었어! 왜일까! 아무도 이유를 대지 못하겠지.

겨울 스포츠

인간의 생리학적 삶에서 가장 큰 발전 중 하나는 겨울 풍경의 아름다움을 발견할 때다! 스웨덴인 피에스타드[18]는 이전에 그 누구도 하지 않은 작업, 흰 눈을 그리는 작업을 시작했다. 눈을 사랑했기 때문이다. 애정 가득한 눈만이 사랑하는 여인의 신격화된 얼굴에서처럼 눈 속에 그토록 많이 숨겨진 아름다움과 시와 비애를 애써 찾아낸다! 전에는 몇몇 소수의 몽상가와 시인 들에게만 열렸던 겨울 풍경의 시가 이제 "운동의 즐거움"의 우회로에서 안으로 전부 스며들었고, 예민해진 인간을 측량할 수 없는 새로운 삶의 에너지로 채워 준다!

겨울 스포츠는 이 세상에 존재하는, 장점을 가진 모든 것들이 그렇듯이 과장되어 있다. 하지만 겨울 스포츠는 일과 걱정 속에서 비참하게 살아가는 인간과 하나님이 베풀어 주시는 평온한 겨울의 찬란함 사이의 유일한 중재자다! 제머링[19]

18 Gustaf Adolf Christensen Fjæstad(1868~1948). 스웨덴 화가.

19 알프스 산맥에 있는 고개. 이곳에 겨울 스포츠 휴양지가 있다.

에서는 독일 전설책에서 나오는 용사와 대장부 같은 모습들이 보인다! 사람들은 깊게 갈라지고 얼음에 뒤덮인 산의 숲속으로 위험을 만나러 간다!

여인들은 다가올 세대를 위해 겨울 공기에서 힘과 생동력을 빨아들이면서, 날아다니는 천사처럼 떼를 지어 그 뒤를 따라다닌다! 인간다움은 가장 왕성한 단계의 "신진대사"라 할 수 있다. 그리고 이를 돕는 것은 오직 살을 에는 것 같은 공기 속에서 행하는 겨울 스포츠뿐이다! 이 스포츠는 미래의 재생 수단이다! 시인, 사상가 그리고 몽상가는 "내적 신진대사"로써 살아간다. 그러나 현실적이고 생생하며 엄격한 삶을 사는 인간은 "신선한 행위"를 통해 제 삶을 만들어 가야 한다.

겨울 스포츠는 잘 조직된 삶의 기계들 안에서 아직 받을 것, 아직 줄 것이 있는 사람들에게 엄청난 힘을 안긴다. 다른 사람들은 떨어져 삶을 영위하면서 오직 눈으로만 성스러운 겨울 풍경의 힘을 들이마시리라! 인간을 회복시키려는 현대 생리학자들의 모든 시도는 차갑고 햇빛 찬란하며 청정무구한 공기로 가득한 겨울날의 지배에 비하면 유치하다! 아멘.

추적 망상

내가 특별한 인조 자개 셔츠 단추 열두 개를 여행에 가져간다면, 어쨌든 그게 이미 추적 망상의 첫 번째 미약한 징후가 아닐까?!? 아직은 온전한 새 셔츠들에 발생할지도 모르는 재앙의 예측일까?! 어쨌든 그런 상황에서 이런 난처한 우발 사태에 전념하지 않는 뇌는 더 건강한 뇌이며, 덜 과민한 뇌이고, 삶의 문제에 그다지 예민하지 않은 뇌다.

"미래에 일어날 수도 있는 불쾌한 일"에 몰두하는 것은 이미 추적 망상이며, 삶의 에너지를 약화한다! 따라서 정말로 판단력이 있는 모든 사람에게는 추적 망상이 있다! 그들은 모든 상황에서 늘 비관주의자다. 그렇게 혼자서, 사정에 따라 생길 수 있는 위험을 예방하라고 자신을 다그친다. 유리한 일들에는 전념할 필요가 없다. 그런 일들은 저절로 생긴다. 그러나 모든 문제의 위험을 예감하는 것, 이는 중요하지만 신경 쇠약에 걸리게 만든다!

"왼발로 운하의 울타리를 하나씩 밟으면 행운이 오고 불운을 피할 수 있다. 사실 나는 그것을 믿지는 않는다. 하지만 그런 행동을 하는 희생자는 대체 무엇이란 말인가?!" 이 순간부터 당신은 이런 눈에 보이지 않는 사건의 마력 속에 잠긴다. 만일 당신이 단 한 번이라도 그 행동을 하지 않는다면, 당신은 불쾌한 일을 당할 때마다 가차 없이 자신이 저지른 태만을 탓할 것이다. 따라서 당신은 이미 길에 있는 운하 울타리를 왼발로 건드리는 데 거의 병적으로 몰두한다. 그러나 그것 때문에 다시 신경과민이 일어나고 불안해진다. 그렇게 애를 썼는데도 혹시 운하 울타리 하나를 놓치지 않았을까 하는 두려움 때문이다. 사람들은 자신을 시험하여, 운하 울타리를 의도적으로 무시해 보려 한다. 이는 나중에 말할 수 없는 불안, 불확실을 불러일으킨다. 자신을 비난하고 가장 하찮은 불쾌한 일을 후회하며, 구제 불능의 "논리적 맥락"을 짓는다! 왼발로 운하 울타리를 밟았더라면!

우리가 진정 사랑했던 모든 여성은 매시간 우리를 엄청난 위험에, 어떻게든 그녀를 잃을 위험에 빠뜨린다. 그러나 추적 망상에 기울지 않은 남자, 그러니까 바보 멍텅구리는 이를 느끼지 못하며, 이런 위험이 그의 명료한 인식까지 도달하지 못한다. 그는 우선 현재의 대참사를 감수할 행운, 즉 건강을 갖고 있다. 하지만 이 대참사가 눈에 띄지 않게 점점 더 엄청난 준비를 하고 있음은 알지 못한다! 사랑하는 여인과의 관계에서 "추적 망상적"이지 않은 모든 남자는 단 한 시간도 이 여인을 정말 진정으로 사랑하지 않은 거나 마찬가지다!

어떤 나이 든 여인이 언젠가 내게 말했다. "나는 매년 종교의 무거운 규정을 엄격하게 지켰어요. '최후 결산'에 가까워질수록 더욱더 무섭게 느껴졌기 때문이에요!"

종교는 인간 신경에 존재하는 추적 망상을 "이상적으로

착취"하는 것이라 할 수 있다!

언젠가 나는 어떤 상인에게 말한 적이 있다. "시골에 투자하면 안 돼, 그건 위험하고 모험적이야." 그가 대답했다. "우리 사업이 거기에 기반을 두고 있어. 배겨 낼 신경만 있으면 돼."

일 년 뒤 그는 파산했다. 나는 그에게 우리가 한 얘기를 상기시켰다. 그러자 그가 말했다. "자네 말이 옳았어. 하지만 자네 말을 들었더라면 그보다 훨씬 전에 파산했을 거야!"

"선생님, 여름에 아름답고 젊은 아내를 시골에 혼자 두면 안 됩니다."

"옳은 말씀입니다. 하지만 아내를 못 가게 하면 훨씬 더 빨리 잃게 됩니다."

추적 망상은 적어도 "부족한 지성"을 탓하며 자신을 비난하게 만들지는 않는다. 이것도 이 힘든 시대에는 꽤 괜찮다!

삶에서 어떤 위험을 피할 수 있다는 지적인 안심은 어쩌면 삶 속으로 거꾸로 떨어지는 영웅주의나 영웅주의의 현대적인 전투보다 대단한 행운일지도 모른다! 영웅주의와 추적 망상은 가장 상반되는 것이다. 하나는 아무것도 파괴하지 않고, 다른 것은 모든 것을 파괴한다! 하나는 도처에서 승리를 맛보며 다른 것은 도처에서 패배를 맛본다. 하나는 멍청이고 다른 하나는 현자다! 행복한 멍청이와 불행한 현자! 하지만 현자가 정말로 불행하고 바보가 정말로 행복한가?!?

적당한 정도의 추적 망상은 다가오는 위험을 예감할 능력이며, 지성의 힘으로 동일한 망상을 예방할 능력이다! 그 반대는 멍청함의 확신, 일명 "평화로운 행운"이다!

여성의 호의

가장 매력적이며 지적인 남자들이 아직도 여성의 호의를 얻으려 애쓰는 것은 경멸스럽고 비극처럼 슬프다! 꼭 미친 로마 황제 앞에 있는 부패한 원로원 의원 같다! 이들은 절대 반항하여 궐기하지 않으며, 어릿광대의 영웅적 위대함을 행하려는 용기를 내지도 않는다. 어릿광대는 군주를 부축해 파멸에서 꺼내 주려고 군주에게 가장 끔찍한 진실을 말해 주기라도 한다! 하지만 지적인 남자들은 비겁하고 비굴하게 느끼면서, 가장 가련한 이 여인이 자기 자신과 삶에 저지른 수많은 과오에 묻혀 있게 내버려 둔다. 그리고 선불리 오직 자신들을 위해 그녀가 이런 상태에 있기를 원하며, 얻을 수 있는 것을 편안하게 얻길 바란다! 이렇듯 그들은 여성에게 잠재되어 있는 발전에 대해서는 아무것도 모른다! 여성이 굴종하면서 "유기적인 겸손"을 추구하기 위해 입을 다무는 대신, 끝없는 교만과 허영 속에 방심한 채로 있다고!?! 자신의 나약한 신경을 창피스럽게도 복종시키기 위해 모두에게 "네."와 "아멘."을 말하면서!?! 부패한 원로원 의원들 같으니!

여왕 페터, 내가 저기서 산 이 버클 예쁘죠?!?

여왕의 어릿광대 전하, 그것은 존재하는 것 중 가장 조야하고 가장 취향이 저급하며 가장 상투적인 버클이옵니다! 수백 개 중에서 그것을 골랐다는 것은 나쁜 혈통의 천재성으로, 이 천재성은 주저하지 않고 가치 있는 모든 것들 속에서 늘 보잘것없는 대상을 찾아냅니다!

숭배받는 여성에게 불편한 진실을, 그녀에게는 훨씬 뒤에야 유용하게 될 그런 진실을 말해 주는 것, 이보다 힘든 것은 없다. 왜냐하면 경쟁자들이 미래를 위해서는 중요하지 않고 부정적이기까지 하지만, 빠르고 확실한 효과를 내는 "불순한 방법들"로 작업하기 때문이다. 여성을 위해 함께 타락하려고 그녀를 충분히 사랑하는 것은 별로 "영혼의 영웅"다운 일이 아니다! 그녀는 자신이 멍청한 짓을 할 때 갈채를 보내는 사람들을 총애하게 될 것이다! 어째서 우리는 "삶의 극장"에 있는 것인가?!?

어떤 시인의 편지

키싱엔에 계신 라인폴트 박사님께

신진대사 질환에 관해 박사님이 쓰신 매우 흥미로운 에세이를 감사히 읽었습니다.

완벽한 믿음을 가진 의사와 직관력이 있고 완벽하게 진실한 환자의 이상적인 협력에 의학의 미래가 달려 있다고 하셨는데, 저는 한 번도 그런 생각을 해 본 적이 없습니다!

예를 들어 누군가 "박사님, 제 상태는 레스토랑 A에서는 더 나쁘고 레스토랑 B에서는 낫습니다."라고 말한다면, 의사는 이 말이 굉장히 흥미롭고 독특하며 가치 있는 말일지도 모른다고 이해해야 합니다. 물론 아주 자연스러운 적당한 회의를 느낀 탓에, 약간은 거북해하면서 말입니다. 동시에 의사는 신경의 신비에 대해서도 생각해야만 합니다. 저는 육 주 동안 휴양지에 있었습니다. 가장 좋은 환경이었는데도 나날이 나빠졌습니다. 그래서 저는 주장했습니다. 빈의 레스토랑 한구석에 단골인 제가 늘 사용하는 지정 탁자에 앉아야 비로소 위기를 극복할 수 있겠다고 말입니다. 의사들은 이를 "강박 관념"이라고 설명했습니다. 저는 이 생각을 끝까지 주장했고,

빈에서의 첫날밤에 저녁 8시에서 밤 12시 반까지 제 지정 탁자에 앉고 나서야 쇠약한 상황에서 회복되었고, 열일곱 살짜리와 같은 내적·외적 유연성을 되찾았습니다. 그때 의사들이 말했습니다. "보세요, 이전 육 주간의 요양에 따른 반응이란 말입니다!" 저는 곧 인간 두뇌의 고집스러움에 울었습니다. 그런 고집 때문에 인간의 두뇌는 새롭고, 아직은 깨닫지 못한 중요한 진리를 향해 전진할 수 없는 겁니다!

의사가 환자에게 이렇게 말한다면 어떨까요. "차나에 있는 유명한 사육소 '체자르운트밍카'나 프라하에 있는 '푹스'[20]에서 좋은 품종의 개를 한 마리 사는 게 좋겠습니다. 내면의 모든 상냥함을 그 개에게 쏟으시기 바랍니다. 개는 선생님의 모든 멜랑콜리를 없애 줄 수 있습니다. 선생님은 고귀하고 충실한 짐승을 돌보면서 삶의 목표 같은 걸 얻을 테고, 진실로 충성스러운 개의 눈길은 선생님을 살아 움직이게 하고 강하게 만들며 존재와 다시 조화시킬 겁니다! 선생님의 병든 자아를 유지하는 일이 더 이상 귀중하게 생각되지 않을 것이며, 충실한 동반자의 신음이 선생님 본인의 가련한 고통보다 중요하게 생각될 겁니다! 선생님의 정성 어린 무욕이 스스로에게 힘을 줄 겁니다!" 하지만 아직 그 어떤 의사도 자기 환자에게 이런 처방을 내리지 않았습니다. "호감"은 신경의 권력 수단으로, 이 수단은 따뜻한 마음씨와 생명을 유지하며, "반감"은 싸늘함과 죽음을 품고 있습니다. 교육이란 사실 누군가에게 가

20 차나(Zahna)는 독일 작센에 있는 도시. 체자르운트밍카(Cäsar und Minka), 즉 "카이사르와 밍카"는 세기 전환기에 세계적으로 유명했던 품종견 사육소로, 유럽의 왕실에 다양한 종류의 개를 공급했다. 푹스(Fuchs)는 여우라는 뜻.

치 있는 것에 호감을 느끼고 가치 없는 것에는 반감을 느끼게 만드는 것 외에 아무것도 아닙니다! 예를 들어 미적·영적·도덕적·정신적으로 가치 없는 여인을 사랑하는 것, 그것은 교양 있는 남자의 온 삶의 에너지를 엄청나게 약화하는 길입니다!

얼마간 지나고 나면 그는 구부정하니 몸을 숙인 채 느릿느릿 걸을 테고, 눈은 활기찬 빛을 잃을 것이며, 궁핍해질 것이고, 아무 활력도 없이 존재의 의무를 따르게 될 겁니다. 그는 "알맹이 없는 호두"를 찾아내어 조심스레 마음에 품었던 겁니다. 하나님은 그것을 원하지 않으십니다. 그래서 하나님은 역정 내시며 멜랑콜리와 신진대사 질환을 보냅니다. 이 편지는 어쩌면 건방질지도 모르고, 잘못이 있을 수도 있습니다. 하지만 사심 없이 쓴 것이며, 솔직한 견해로 무엇이 더 중요한지를 말씀드리고자 했습니다.

당신의 페아로부터

물총새

"물총새"는 어린 시절부터 내가 제일 좋아했던 새다.

"연약한 새"와 "혹독한 겨울 추위" 사이의 대립이란!

게다가 물총새는 마치 열대 우림의 벌새처럼 청록색이다! 겨울 벌새다!

뾰족한 부리는 물에서 작은 물고기를 찍어 잡아 낸다. 포경용 작살이 고래를 찔러 도살하듯이!

이 새는 연못가의 그루터기에서 며칠씩 잠복한다. 그러다가 갑자기 돌진하여 잠수해서 부리로 찍는다. 우아한 살생자다.

물총새는 잉어가 헤엄치는 연못을 완벽하게 강탈한다. 이 새가 그런다고 아무도 믿지 않을 것이다. 새는 며칠씩 그루터기에 쪼그리고 앉아 있다. 청록색으로 아른거리면서. 주둥이는 창이고 칼이며 단검이고 죽음을 가져오는 바늘이다!

청록색으로 아른거리는 갑옷을 입은 낭만적인 전사! 자연의 동화 속 영웅 그 자체!

릴리는 할아버지 소유지에 연못을 파서, 버드나무, 오리나무, 개암나무, 보리수를 주변에 심었다. 이 모든 것을 빙 둘러 느슨한 격자 울타리를 쳤다. 그러고는 물총새 한 마리를 집어넣었다. 이제 그녀는 몇 시간씩 물총새가 앉아 있는 모습, 기다리는 모습을 구경했다. 연못의 주인이 되어!

따라서 릴리의 여린 영혼을 장악하려는 신사들의 아첨은 그녀에게는 시시하고 우스꽝스럽게 보였다!

그녀는 점령당했다, 점령당했다, 자연과 그 신비의 지배에.

반대로 그 남자는 그녀 눈에 하찮고 바보같이 보였다. 그는 그저 "미숙하고 난폭하며 기품 없는" 물총새에 불과하다. 그도 몇 시간씩 며칠씩 노획물을 기다린다! 노획물을 찌르고 꿀꺽 삼킨다. 하지만 그가 삼키고 파괴한 것은 "가치 없는 연준모치"가 아니다! "영혼"이다!

시

사랑스러운 영혼을 내 얼마나 죽도록 고통받게 하는가,
그 영혼의 껍질인 "육신"이 나의 이상에 맞지 않을 때!
어떻게 하면 "보다 고귀한 것"을 택할 수 있을까!
그러나 나의 감시자인 눈은 이를 허락하지 않는다!
눈은 말한다. "너는 현혹된 거야. 최고의 영혼은
가장 아름다운 육신 안에서 번성할 수 있어!
그리스도는 완벽하게 아름다웠기 때문에
온 인류에게 그의 마음을 바칠 수 있었어!
내면의 부드러움이란 그저 아름다운 존재일 뿐이야.
그 존재는 마치 창조주가 지상에 그분의 은총을 내리신데 영원히 감사하는 것 같지.
은총의 감춰진 눈길 속에서 너는 읽을 수 있을 거야.
"'그분에게서 착해지라는 직분을 받았어요!'라고 말이야."
창조주를 닮는 일을 못하게 되는 자가 있다,
그 일을 위한 신체 부위를 받지 못한 사람이다!
나는 그 완벽하게 아름다운 사람한테만 두뇌와 심장을 요구한다.

그는 하늘을 향해 날아갈지니 하나님, 은총을 내리소서!
그는 정의롭고 자비로우며 전지하시니
오직 그만이 나의 순환 논법을 방해하지 않는다,
인간이 머지않아 천사처럼 순결해질 수 있다는 논법을!
그러나 나는 다른 사람들에게는 그저 이렇게만 요구한다,
자신을 이상을 꿈꾸는 자연의 실패한 모범이라 여기라고!

독신 남성

대체 왜 우리 레스토랑들은 그렇게 끔찍하게 보수적이며 손님들은 왜 그리 느긋한지?! 왜 레스토랑 주인과 카페 주인 중에는 새로운 사람도 혁명가도 개척자도 선구자도 없는 걸까? 예를 들어 차를 마시기 위해 아주 고운 레몬 즙을 곧바로 수월하게 짜기 위한 유리 레몬 압축기는 왜 없는가? 이런 대답이 돌아온다. "지금까지 아무도 그런 걸 요구하지 않았습니다." 혹은 이런 대답도. "그 모든 걸 다 구비해야 한다면 대체 어떻게 되겠어요?" 마치 난센스에 대해 전문적인 표현을 하는 것처럼, 두 대답 모두 틀렸다. 왜냐하면 우선 음식점 주인은 낮이고 밤이고 개선에 대해 생각하고 탐색해야만 하기 때문이다. 두 번째로 중요하기는 하나 아직은 눈에 보이지 않는 모든 향상은, 소문이 널리 퍼지고 손님들은 특별한 친절로 봉사받는다는 느낌을 받음으로써 자연스럽게 저절로 보상을 받기 때문이다! 헌신은 반드시 보답을 받는다. 장사에서조차 말이다! 어째서 거의 모든 레스토랑에서 활기찬 시골 요리와 섬세한 현대적 요리 레시피의 이상적인 결합이 없을까, 작고 오목

한 흰색 혹은 회색의 도기 사발에 제공되는 맑은 수프, 그 안에는 잘게 썬 일정량의 고기, 귀한 채소와 부드럽고 짭짤한 밀가루 음식이 같이 들어 있는, 그러니까 세 가지 코스의 영양가 많은 저녁이 아주 매력 있는 깊숙한 사발에 한꺼번에 나오는 그런 조합이 없단 말인가!? 그런 수프에 콩팥구이를 넣을 수도 있고, 송아지 굴라시를 넣을 수도 있고, 가시를 발라낸 생선 조각을 넣을 수도 있다. 숟가락이나 포크로 먹을 수도 있어서 귀찮은 식사 코스를 완전히 대체할 수 있다.

"우리 빈 사람들은 그런 걸 안 좋아해요."라는 말은 망할 놈의 빈말일 뿐이다. 왜냐하면 "우리 빈 사람들"도 썩 괜찮은 건 다 좋아하기 때문이다! 대체 왜 입맛을 자극하는 세련된 유리 뚜껑에 아래 놓인, 쳐다보기만 해도 입안에 자극과 활기가 도는 먹음직한 음식이 그 어디에도 없단 말인가?! 그런 음식은 시원하게 보존되기 위해 얼음 위 유리 쟁반에 놓여도 괜찮다. 이를테면 분리한 단단한 달걀노른자가 기름 층 위에 동동 떠 있는 것도 괜찮다.

놀라운 비스킷들, 본연의 "밀가루 반죽의 시"라고 할 수 있는 이것들, 우리 지역에서는 두 "영국식 특별 상점"에서 관에 넣은 듯 진열되어 있는 이 비스킷들은 어쩔 것인가?! 우리는 이 미식가 성역의 이름도 모른다. 뷔시드부베가 그렇다. 나는 카페 주인에게 크리스털 상자를 만들게 해서 오전과 간식 시간에는 뷔시드부베로 상자를 채우라고 제안했다. 그러면 이 부드러운 두 겹의 소금 와플 사이에 좋은 정어리기름 층이 생길 거라고 했다. 그는 대답했다. "선생님, 제가 그런 식으로 한다면 이미 반쯤 시인일 테고, 그러면 선생님처럼 구걸하러 다녀야 할 겁니다. 제가 우리 가게에서 팔고 싶은 비스킷은 무른 성냥처럼 바스러지는 비스킷이 아니라, 바삭함이 유지되는 비스킷입니다! ……그러니 계속 우리 가게에서 바삭함이 유지되는 비스킷을 드시기 바랍니다."

나는 종종 프랑스 상표의 맛있는 참치 한 통을 사서 물로 기름을 씻어내고, 밀가루를 사용하지 않고 거의 달지 않게 레몬으로 산미를 낸 멋들어지고 따뜻한 파라다이스 소스를 부어서, 특별하고 대단히 영양가가 많으며 소화가 잘되는 식사로 즐긴다! 이 음식에 이름을 붙인다면 "낙원의 참치"라고 부르겠다. 이렇게 소스에 넣어 먹으면 훨씬 맛있다! 최상급 송아지고기만큼 맛있는 참치에 청어 소스, 파 소스, 양파 소스 같은 것을 얹으면 매번 특별한 요리가 된다! 음식점 주인이 이상주의에 따라 행동할 경우 관리는 어렵겠지만 그는 반드시 큰 보상을 받을 것이다. 사람들은 사실 좋은 것이라면 목을 매는데, 이런 것에 호의를 보이는 것보다 신경에 좋은 것은 없기 때문이다! 돈을 지불하고 의견은 삼가는 무관심한 손님들도 갑자기 형제자매가 될 거다. 그러나 주인은 생각한다. '너희들에겐 이게 어울려.' 그러고는 마치 불편한 짐승 떼에게 하듯 손님들에게 먹이를 준다!

레스토랑 주인이나 카페 주인의 무관심과 숙녀가 음식에게 보이는 무관심, 즉 극도의 미식가적 졸렬함은 일치한다. 부유한 숙녀 중 기이한 과자나 과일로 특별한 간식상을 차리려는 야심을 가진 이는 하나도 없다. 언제나 모든 것이 일상적인 방식 아래서 차려진다. 어떤 숙녀도 알려지지 않은 비스킷에 관심을 두지 않고, 어떤 숙녀도 "영국식 특별 상점들"에서 시식하지 않으며, 어떤 숙녀도 크리스털 상자를 특별한 과자로 채워, 기분 좋게 놀란 손님들에게 대접할 야심을 갖고 있지 않다. 거의 모든 숙녀들은 고급 식품점에 들어와서는 "오렌지, 사과, 배 좋은 거 있어요?"라며 불성실한 질문을 한다. 풍부한 과즙에 속은 꽉 찼고 껍질이 얇은 오렌지를 식별할 줄 아는 숙녀는 없으며, 아주 멋진 알렉산더버터 배가 있냐고 묻는 숙녀가 없고, 티롤산 데칸트 배나, 황금빛 도는 갈색 캐나다산 배가 있냐고 묻는 숙녀도 없다. 모두 그저 "특상 과일"만을 원하면서, 과일을 멋지게 담는 일은 게으르고 무식하게 여점원에게 내맡긴다. 미식가적인 관점에서 볼 때 그들에게는 예술가적인 야심이 완전히 결여되어 있다. 간식상 차리기 경합을 한번 공모해야 할 것이다. 에멘탈, 고르곤졸라[21], 로크포[22] 치즈의 미묘한 차이를 아는 숙녀는 없다. 숙녀는 그저 좋은 것만 찾는다. 그리고 사람들은 그녀에게 일찍이 존재하는 것만 준다! 그녀는 고르곤졸라 치즈 한 조각을 사려고 이 상점 저 상점으로 다니지 않는다! 최상품을 사려는 패기가 없다. 내 친구 한 명이 딱 들어맞는 말을 했다. "나는 식당에서 메뉴판에는 눈길도 주지 않고, 항상 그냥 '밥과 소고기구이'를 주문하는 여인은 진심으로 좋아할 수가 없어! 이런 주문에는 개성도 없고, 먹고살기 위한 너무나도 평범하고 지루하며 상투적인 태도만 있을 뿐이야. 사랑도 즐거움도 없는 사료 공급에 불과한, 미식가성의 결여라 할 수 있지. 그리고 함축적으로 보자면 (함축적이라는 단어는 좀 웃기네.), 아무튼 전반적으로 볼 때 이런 저런 것에 대한 막연한 무기력을 드러내는 거야. 가엾은 우리

21 Gorgonzola. 우유로 만든 이탈리아의 블루치즈. 형태는 대개 딱딱하거나 버터와 비슷하며 짠맛이 난다.

22 Roquefort. 남프랑스 지방의 양젖으로 만든 치즈.

엄마는 평생 나한테 말씀하셨어. '너처럼 그렇게 지적인 젊은이가 어째 그렇게 먹는 데 목을 매니?!?' 나는 뻔뻔하고 냉담하게 대답했지. '바로 그렇기 때문이에요.'" 여성들과 미식에 관련된 이야기를 하면 그들은 항상 당황한다. 왜냐하면 이 방면에 대해 아무것도 모르기 때문이다. 특히 그들은 맛있는 음식에 대해 왕성한 관심이 없다. 그러나 마테를링크[23]에 관한 대화에서는 굉장히 활발하다. 확실히 그들은 작가들에 대한 의견을 특히 좋은 음식을 먹는 것보다 훨씬 가치 있게 생각한다. 예를 들면 나는 고기와 외국에서 들어온 과일의 품질에 대해 잘 안다. 이런 지식에 굉장히 자부심이 있다. 비록 독신 남성에 불과하지만 꼼꼼한 주부라고 하는 많은 사람들을 당황시킬 준비가 되어 있다! 아니다, 우리의 부유하고 걱정 없는 숙녀들에게서 "미식가적 자존심"은 반드시 일깨워져야만 한다. 이는 곧 예술적 문제다! 숙녀가 우리의 존경을 받고 싶다면, 고급 식품점에 들어와서 "저기요, 정말 정말 좋은 과일을 보내 주세요."라고 더 이상 감히 말하면 안 된다. 대신 모든 품종의 배, 오렌지, 대추야자 등등에 대해 아주 잘 알면서, 호메로스가 말하듯 "확고한 눈길로" 스스로 과일을 골라야만 한다. 절대로 이렇게 물어서는 안 된다. "이 햄, 이 송아지 뒷다리도 연해요?" 그냥 보기만 해도 신선한지 알아야 한다! 그것이 "독창적 재능"이다! 오, 여인이여, 그 고상한 모자, 비싼 돈을 주고 그대의 머리에 얹은 그 모자는 그대가 우리에게 대접하는 고상한 음식만큼 우리를 기쁘게 하지는 않는다오.

23 모리스 마테를링크(Maurice Maeterlinck, 1862~1949). 벨기에의 시인이자, 극작가, 수필가. 1911년 노벨 문학상 수상. 대표적인 동화극은 「파랑새」.

「지구」

어제 빈의 부르크테아터[24]에서 카를 쇤헤어[25]의 작품 「지구」에 큰 감동을 받았다. 이 작품에서 모두는 그저 어떤 늙은 남자의 죽음을 기다린다. 그런데 그 남자는 죽고 싶어 하지 않는다! 신비주의적 기독교적 이상주의가 없는 인간의 존재. 들춰진 욕구. 인간의 마음속에 있는 "자연"이라는 악마. 어쩌면 천사일까? 결국 모든 것은 유기적으로 번성하고, 자기 자손을 퍼뜨리려 한다. 그러나 노인은 이를 방해한다. 그는 자신의 시간을 넘어섰다. 그래서 모두에게서 미움을 받았다. 죽을 때가 되었으면 물러나라, 늙은 예술가, 늙은 비평가, 늙은 시인이여! 길을 막지 마라! 봉오리를 피우는 가지들을 방해하지 마라! 블라이입트로이[26] 부인이 아주 고집 센 아이라고 부

24 Das Burgtheater. 오스트리아 국립 극장으로 유럽에서는 프랑스의 코메디프랑세즈 다음으로 크고, 독일어권에서는 가장 크다.

25 Karl Schönherr(1867~1943). 오스트리아 의사이자 작가. 「지구(Erde)」는 1907년작이다.

26 bleiben과 treu가 더해진 합성어로 "신의를 지켜라, 정절을 지켜라."라는 뜻.

르는, 시골 출신 젊은 하녀는 특히 살고자 한다! 그녀의 존재를 가득 채우려 한다! 그녀는 따뜻하고 부유한 농가에서 그럴 수 없다면, 적어도 알프스 고원 방목지에 있는 차갑고 볼품없는 얼음집에서라도 그러려고 한다. 반대로 늙은 농부는 겨울로서, 그는 봄도 여름도 어떤 행복도 오게 두지 않는다! 젊은이의 마음을 갖지 않은 비평가처럼! 겨울의 입김이 "피어나는 존재들" 위를 휩쓴다! 이게 작품 내용이다. 나는 얼어 죽어 가는 꽃과 과일 들에 깊이 감정을 이입했다.

가족의 목가[27]

애들아 난 어제 저녁 식사 때 너희들을 보았단다. 너희들은 식초와 기름으로 요리한 소시지를 먹었지. 하지만 너 요트 엠(J.M.)은 잠옷 같은 것을 입고 있어서 아름다운 목을 볼 수 있었어. 너는 식사하는 동안 성자의 눈을 하고 있었어. 내가 이 세상의 것이 아닌 듯한 네 아름다움 때문에 네 앞에 무릎이라도 꿇고 싶었음을 알아차렸을 거야. 하지만 너는 가족의 저녁 식탁에 앉아 있었고, 이제 열두 살이지. 그때 나는 네게 바치는 찬가들을 어쩔 수 없이 속으로만 불렀어! 하지만 이 노래들은 봄날의 폭풍처럼 쉰 살밖에 안 된 통제 불능의 내 젊은 가슴에서 삶으로 돌진했고, 나는 당황하고 놀란 네 얼굴 표정에서 내 환희의 입김이 네게 닿았음을 알아차렸어! 너희들이 소박한 저녁을 먹던 그 방은 오직 나의 환희에 찬 마음의 힘으로 교회가 되었지!

27 1920년대도 50대 남자의 12세 소녀에 대한 애정 표현이 일반적인 것은 아니었으나 오늘날 관점과는 차이가 있다.

요트엠, 네게 감사한다!

누구에게, 대체 누구에게 감사해야 한단 말이냐, 어떤 사람을 갑자기 그가 있는 낮은 곳에서 들어 올려, 보다 높은 곳으로, 나은 세계로 옮겨 주는 그 사람 외에 말이다!?! 그리고 그것도 그저 한 아이가 저녁 식사 시간에 그렇게 해 주었다면 말이다.

다음 날 아침 소녀는 당혹해하며 말했다. "어제 조금 취하셨어요."

"맞아, 약간 도취됐었어."라고 대답했다.

누가 승자인가

그녀는 대도시에서 예절을 지켜야만 했다.

그곳에서는 손과 발이 묶였고 입에는 재갈이 채워졌다.

반대로 그, 그녀의 남편, 그 남자는, 아……. 그녀는 완전히 절망했다. '나는 당신에게 있어 모든 것이 되고 싶어, 모든 것이, 나는, 나는, 나는 혼자야!' 하고 느꼈다.

이제 그들은 여름 동안 해수욕장 에르(R)에 왔다. 그곳에서 그녀는 공장주의 아내들 때문에 더 이상 예절을 지킬 필요가 없었고, 일부러 이 사람 저 사람과 함께 성실치 못한 남편의 질투를 유발하기 시작했으며, 모든 점에서 다음과 같은 암시를 주었다. 즉 자신에게 확신을 가질 수는 없다, 한 달이나 자신을 믿어서는 안 될 거라고 말이다! 그녀 자신을 믿어서는 안 된다고! 그녀의 남편이 이제 막 정말로 약간 불안해하려는 순간 휴가가 끝났다. 그녀는 떨어지지 않는 발길로 그곳을 떠났다. 그들은 다시 대도시로 돌아갔다, 달콤함, 사랑스러움을 강요하는 곳, 예절을 지켜야 하고 손과 발이 묶이고 재갈이 물리는 곳으로, 반대로 그 남자는, 그는, 아…….

그녀는 몹시 슬펐다, 남편을 좌지우지할 권력 수단이 더 이상 없었기 때문이다. 하지만 남편은 쾌활했다. 해수욕장 에르에서는 모든 것이 여전히 그한테 비교적 꽤 괜찮은 결과를 가져다주었다.

그때 마차 안에서 그녀는 어린애같이 절망하며 말했다.

"그 백작이랑 깊은 관계를 맺었어. 그래, 내가 그랬어."

"그럼 당신은 우리가 지냈던 곳의 커피숍 여점원 일로 나를 비난하지 마." 그가 조용히 말했다.

"백작이랑 관계를 맺었다는 건 해 본 소리야." 그녀가 절망하며 곧바로 받아쳤다.

"그럼 당신은 아나 일을 근거로 나를 다시 비난해도 돼." 그가 조용히 말했다.

그러자 그녀는 조용히 소리도 내지 않고 혼자 울었다. 가엾은 승리자.

그는 그녀 앞에 무릎을 꿇고, 그녀 무릎에 머리를 묻었다. "여보, 여보……."

넉 주가 지나자 다시 전쟁, 불안이 시작되었고 똑같이 분노했다!

그녀는 소리 없이 울었다. 그는 말했다. "여보, 여보……."

그때 공장주의 젊은 아들이 집 안으로 들어왔다.

생리학적인 것

그대들이 존재의 단순함에 대해 아는지. 그대들이 항상 운을 맞춰 읊어 대는 것 있잖소. 심장…… 고통…… 사랑…… 충동. 그리움이 원래 어디에 자리 잡는지 아는지?!?

명치! 가슴 가죽띠가 끝나는 곳! 그곳, 그곳에서 당신은 고통스럽고 마비시키는 그리움의 멜랑콜리를 느낄 거요, 그곳에서 "심장의 두려움"을 느낄 거요! 그리고 당신 피부가 발산하는 향도 그곳에서부터 변하지! 당신의 셔츠 속으로, 당신의 옷 속으로 그리움의 고통이 파고든다오, 연약한 여인이여! 곰팡내 나는 책상 서랍 속 사과 향처럼 불행한 사랑, 그리움, 질투가 피부 향기를 만들어 내지, 마치 삶의 신선함은 정말 뒤로 밀려나고 좁은 지하 감옥에 갇힌 듯 말이오!

여인이여, 방금 큰 충격 속에서 알아차렸다오, 며칠 전부터 당신의 사랑스러운 피부 향이 바뀐 걸 말이오! 향기가 된 깊은 슬픔! 그렇게 아련하고 먹먹한 향. 한숨짓는 영혼의 병 같은 것! 사랑하는 아이가 누워 있는 병실의 향기 같은 것! 곰팡내 나는 좁은 책상 서랍 안에 꽉 차 있는 우아한 캐나다 사과 향 같은 것! 사랑스럽고 매혹적인 이여, 나는 당신의 상처를 입히는 그리움, 생동감을 마비시키는 그 그리움의 향기를 느낀다오. 그러나 당신은 말하지. "전 아무 걱정 없어요, 네, 정말이에요, 아무 문제 없어요." 당신의 사랑스러운 피부가 숨 막힐 듯한 향기를 뿜으며 걱정하고 있는 그 행복한 사람은 대체 누구인가?!? 나는 감미롭게 당신 곁에 머물며 은밀한 당신 영혼의 근심이 발산하는 향기를 들이마신다오. 당신의 고귀한 옷, 보통은 부드럽고 사랑스러운 호흡과 같은 당신의 옷은 이제 슬픔의 안개로 변하지!

나는 당신 피부가 뿜어내는 정말 가슴 답답한 그 그리움을 알아채오!

한 번의 눈길, 그래, 한 번의 승낙, 이런 것들이 다 뭐란 말이오?!?

변덕, 장난, 불손이라고 할 수도 있을 거요!

하지만 피부의 향기는 의지와는 상관없다오.

여기서 진리가 시작된다오, 의도적인 존재가 꾸미는 간계의 틀을 벗어나서! 이때 사랑은 진실한 말을 하지!

그 말은 그리움의 향기를 뿜는다오! 바로 그렇소! 당신은 마음속에 누구를 품은 채 나를 속이려 드는 거요?!?

레몬색 카네이션과 연보라색 카네이션

시인은 완전히 취한 젊은 신사에게 말을 걸었다.

"혹시 건너편에 있는 멋진 젊은 숙녀 때문에 그곳에 앉아 계신 건가요, 그래서 그렇게 취하신 거요?!?"

만취한 젊은 신사는 대답하지 않았다.

그때 카네이션을 파는 늙은 여인이 왔다.

만취한 젊은 신사는 건너편 숙녀에게 카네이션 열 송이를 보냈다, 레몬색 카네이션과 연보라색 카네이션을. 시인이 카페에서 그런 행동을 하는 것은 세련되지 못한 짓이라며, 그러지 말라고 경고했음에도.

멋진 숙녀와 함께 앉아 있던 신사들이 꽃 파는 여인에게 말했다. "꽃을 들고 꺼져요, 꺼지라고요!"

그러나 시인이 똑같은 꽃을 사서 다음같이 쓴 쪽지와 함께 보냈다. "불행한 젊은이를 위해 어떤 시인이."

"꺼져, 즉시 꺼져요." 남자들이 꽃 파는 여인에게 말했다.

그러고는 그 멋진 숙녀를 데리고 득의양양하게 가 버렸다.

그러나 이 세상에서는 그 어떤, 그 어떤, 그 어떤 실제적인 감정의 원자 하나도 그냥 사라지지 않는다. 무정한 사람들만 느끼지 못할 뿐이다.

그 숙녀는 생각한다. '누가 나를 짝사랑하고 있어, 괴로워하고 있어…….'

남자들은 이렇게 말해야 했다. "그 예쁜 꽃들을 받으세요, 당신을 더없이 숭배하는 모양이군요."

그랬더라면 공격을 막아냈을 것이며, 적어도 감정의 세계에서 동점을 이뤘을 것이다. 그러나 그들은 존재의 칼싸움에서 약점을 보였다. 그저 자신들의 일시적인 힘을 이용하여 이익을 취했고 계속 공격했다. 여성들이 좋아할 리 없다.

그때 그 숙녀는 곧 반발심을 느낀다. '누가 나를 짝사랑하고 있어, 괴로워하고 있어요! 당신들은 왜 이리 거칠까, 내 옆에 있는 당신들은 만족스러운 소유자란 말인가?!?'

"우리는 모욕당했네요." 취한 젊은 신사가 말했다.

"그렇네요." 시인이 대답했다. 왜냐하면 그는 이런 상황이나 다른 모든 상황에서나 언제나 "그렇네요."라고 말하기 때문이다. 금세 다른 생각을 하면서도 말이다!

실제 있었던 동물 이야기

슬픈 공주.

게(G)에 있는 아주 젊고 사랑스러운 이 공주에 대해서는 정말 누구나 이렇게 이야기한다. "그분은 언젠가는 정말 행복해져서 정말로 부러움을 받을 거야. 그래, 여기저기 살펴보면 어떤 선택받은 사람한테는 운명이 그냥 너그럽게 지나가기도 해, 말하자면 사랑스럽게 피해 가면서, 운명의 회색 베일로 그 이를 건드리지 않고 지나가지."

공주는 그 마음속에 온 마음을 다한 깊은 사랑을 품었다. 사랑의 대상은 뷰티라는 이름의 미니핀종 개였다. 그녀는 여행을 떠나면서 에스(S) 부인에게 말했다. "저의 예쁜 강아지를 부인께 맡겨 놓아야만 마음이 편하겠어요."

"마마, 강아지를 잘 보호하고 보살필게요, 밤낮으로요."

칠흑같이 어두운 시월 밤이었다. 부인은 8시 정각에 확실한 목적으로 강아지를 거리에 풀어 놓았다. 강아지는 누군가를 향해 짖었으나, 사람의 모습은 보이지 않았다. 그 사람은 지팡이로 여린 미니핀의 머리를 쳤다. 모든 게 어둠 속에서 일어난 일이었다. 그 남자는 사라졌다. 부인이 말했다. "뷰티, 뷰티……." 그러나 어여쁜 강아지는 이미 죽은 뒤였다. 사흘째 되던 날 공주의 전보가 왔다. "아, 뷰티는 어떤가요?" 사람들이 답장을 했다. "모든 게 괜찮습니다." 그러나 엿새째 되던 날 공주가 직접 왔다. 그러고는 그녀는 에스 부인을 쳐다보았다. 부인은 살아 있는 동안 그 눈길을 다시는 잊을 수가 없었다. 공주는 수많은 쓰디쓴 고통을 견뎌 냈다. 하지만 매번 그녀는 부드럽게 시녀들에게 말하곤 했다. "이게 내 생애 최대의 고통으로 생각되지 않는 건 다 뷰티 덕분이야."

전원시

그와 그녀는 팔짱을 꼭 낀 채 정원 의자에 앉아 있다.

그녀　우리 행복이 언젠가는 끝날 거라고 생각해?!

그　절대. 나는 좋은 정령이 우리 행복을 지켜 준다고 믿어, 정말 마음속 깊이 믿고 있어!

빛이 꺼지면서 막이 내린다.

어두운 형체의 여인이 보인다. 키가 크고 뚱뚱하고 뼈대가 굵은 몸매에 쥐색 옷을 입고 있다.

형체　행복한 사랑이여, 내가 여기 있다! 나는 충만이다! 내가 세상에 발을 들여놓으면, 모든 것은 쪼그라들고 빛과 색을 잃고 먼지로 부서진다! 내 소유가 되면 사물들은 그 생명력을 잃을 것이다. 그리움, 모든 사랑이 영양을 취하는 그 뿌리는 죽어 버린다. 삶은 공허하고 울적해지고, 우리의 통제 아래 있는 나날은 절망적으로 사라진다. 나는 피를 찐득하게 만들고 느릿느릿 흐르게 하며 영혼은 굼뜨고 유연성을 잃게 만든다. 내가 그곳에 존재하는 순간 모든 것은 정지한다! 나는 사랑의 무덤을 파기 위한 첫 삽이다. 너희 자매들이여, 작업을 완성하라!

두 번째 형체가 보인다. 창백하고 활기 없고 비쩍 말랐으며 박쥐의 날개를 달았다.

두 번째 형체 행복한 사랑이여, 내가 여기 있다! 나는 지루함이다. 어떤 행복도 나를 이기지 못한다. 나는 모든 행복의 태양이 던지는 피할 수 없는 그늘이다. 나는 삶 속의 독약 방울로, 모든 기쁨을 매력 없게 만든다. 내가 쓰러뜨리지 못할 만큼 풍부하고 충분한 것은 아무것도 없다. 나는 내 잿빛 날개를 온 세상에 펼친다. 그러면 세상은 내 것, 오직 내 것이 된다! 모든 독에는 대항할 방법이 있다. 나의 독만이 확실한 효과가 있다. 현실의 세계는 내 것이다. 나의 확실한 독은 습관이다. 나는 사랑의 무덤을 판다, 너를 위해 판다, 자매여!

세 번째 형체가 보인다. 뱀의 머리카락을 가진 복수의 여신 같다.

세 번째 형체 행복한 사랑이라고? 내가 여기 있다! 나는 히스테리다! 나는 "충족되지 않았으며, 충족될 수 없는 이상에 대한 동경 그 자체"다. 나는 "안정"을 찾지 못하게 만들며 대안을 알려 주지도 않는다! 나는 삶의 한계를 무절제로 확장하며, 삶이 그 훌륭하고 확실한 힘을 완전히 잃을 때까지 삶을 희석한다! 행복한 여인이 "그런데 이게 다예요!?"라고 불안한 질문을 던질 때 나의 대성공, 나의 승리는 시작된다. 내가, 내가 작업을 완성한다, 무덤이 다 만들어졌다!

셋이 함께 무덤이 다 됐다, 무덤이 다 됐다, 무덤을 덮어라, 자매여!

네 번째 형체가 노란색과 초록색 옷을 입고 등장한다.

네 번째 형체 행복한 사랑이여, 내가 여기 있다! 나는 질투다. 나는 보이지 않는 작은 돌을 던진다, 그 돌이 굴러 모든 것을 없애는 눈사태가 된다! 나와 내 저주 아래서 영혼의 모든 보물들이 쿵쾅거리며 묻힌다! 꽃 피는 정원에 남아 있는 것은 아무것도 없다! 내게는 충성스럽고 교활한 하인이 있다! 그의 이름은 의혹이다!

네 번째 형체가 사라진다. 다섯 번째 형체가 나타난다.

다섯 번째 형체 행복한 사랑이여, 내가 여기 있다! 나는 악의다. 나는 앞서 나타난 내 엄숙한 자매들과는 달리 간단한 방법으로 일한다! 늘 마시던 것과는 달리 연하게 우리지 않은 차 한잔, 눌어붙은 우유, 세련되지 못한 질문, 언짢은 대답, 옷자락 밟기, 두통, 수면 부족, 위장병이면 충분하다. 자매들이여, 나는 그대들보다 간단한 방법으로 일한다! 나한테서 사랑의 행복은 효력을 잃는다. 나는 악의다!

완전히 어두워진다. 막이 오른다. 밝은 햇빛.
정원 벤치에 있는 행복한 한 쌍.

그 그 멋진 방을 생각하면. 건축가 랑케가 우리한테 만들어 준 방 말이야. 당신이 마가목 무늬의 10번 벽지를 선택해서 기뻐.

그녀 생각해 봐, 난 지금 당신 이름을 직접 수놓은 수건을 서른여섯 장이나 갖고 있어, 마틸데 아주머니가 준 깜짝 선물이야.

그 그리고 우리는 당신 어머니한테서 하녀 미나도 데려올 수 있지, "집안의 진주"인 그녀를 말이야!

그녀 그래서 난 "끔찍한 걱정"을 덜었어. 사랑은 영원히 이런 일을 해 줄 거야!

그 사랑스러운 사람!

그녀 근데 식당 꾸밀 나무 선택에는 완전히 동의할 수 없어, 차라리 플라타너스로 했으면 좋았을 텐데, 플라타너스 무늬는 천편일률적이지 않고 섬세하고 다양하거든.

그 좋아, 오늘 중으로 건축가에게 전화할게. "천편일률적이지 않고 다양한 무늬를 가진 플라타너스로 작업해 주세요!"라고.

그녀 (웃으면서) 당신 정말 매력적이고 친절해.

그 늘 이렇지는 않았어. 이렇게 된 거야, 이렇게 되었어, 무슨 말인지 알지, 에밀리에, 이해하지?!?

그녀는 의자에서 일어나 그의 앞에 무릎을 꿇고 머리를 그의 무릎에 묻는다. 그는 축도하듯 팔을 펼친다.

막이 내린다.

라밍손 팀의 미치

네가 "덴마크 팀"에서 춤추는 걸 봤다.

너는 15세로, 키가 크고 훌쭉하고 고귀했지!

너는 매일매일 더 창백해졌어.

너는 멋쟁이 남자들과 샴페인을 마셨고 노래를 불렀지!

덴마크 노래를. 네가 덴마크어를 했을 때, 그게 마치 노래처럼 들렸다는 말이야.

그러던 어느 날 붉은 뺨의 새로운 덴마크 소녀가 너를 대신하게 됐지.

라밍손 팀의 미치, 네 고향 덴마크로 돌아간 거니?!?

아니면 빈의 네 외로운 호텔 방에서 죽은 거니?!?

언젠가 내가 로제[28] 한 잔을 따라 주었을 때, 그때 너는 꽃이 피듯 금방 얼굴이 붉어지더니, 나중에는 점점 더 창백해졌지!

혹시라도 아직 이 땅에 머물고 있다면, 미치, 잘 모르는 너의 사랑스러운 삶을 축복하마.

28 옅은 붉은색 포도주로 로제바인(Rosewein)이라고도 불린다.

무도회가 끝난 뒤

첫 무도회에서 돌아와 지쳐 잠든 어린 딸의 침대에 있는 어머니. 사방에 무도회용 옷이 흩어져 있다.

어머니 너의 첫 번째 무도회구나. 언젠가 나도 그랬지. 당시 나는 여자 가정 교사인 마드무아젤 리클레, 내 카나리아(타파제), 남자 형제들의 진지한 가정 교사인 쾨니히스호퍼를 정말 사랑했단다. 꿈의 세계에서 산 셈이었어. 삶에서 볼 때 그건 그냥 동화책 읽기의 연속이었어. 하지만 첫 무도회에 가자, 진지하고 무미건조한 삶이 나를 덮쳤고 그 현실의 무게 아래에 묻혀 버렸지. 지금 그런 상태야. 무도회 옷이 이미 나를 허영에 들뜨게 했고, 난생처음으로 스스로가 사랑받을 만하다고 느끼게 됐어. 그때까지는 내가 "사랑하기 위해" 창조되었다고 생각했었지. 하지만 나는 곧바로 잘못되고 틀린 생각에 빠져서, 내가 "사랑받기"에 적합하다고 믿었단다! 사실 모든 불행은 그렇게 시작돼. 설명할 수는 없지만 그래! 우리가 숲과 숲의 나무를 사랑하는 한 모든 게 다 괜찮아. 하지만 숲과 그 숲의 나무가 우리를 사랑하기를 기대하는 순간 모든 것은 슬퍼지고 진짜인 듯 위조되지. 왜냐하면 숲은 우리가 숲을 사랑하듯 절대 그렇게 가까이 다가와서 우리를 사랑하지 않아! 내 첫 번째 무도회에서는 시기와 질투, 감각적 욕망이 일어났어. 공기 중에 독약이 들어 있던 거야. 사람들은 그것을 마취제처럼 들이마셨지. 더 이상 이전처럼 진실하거나 몽상에 잠기지 않기 위해서!
어떤 젊은 신사는 춤을 추면서 내게 몸을 바싹 갖다 대었어. 어떤 사람은 달고 있던 무도회용 꽃을 내게 주었지. 또 다른 사람은 내 술잔의 술을 마셨어. 나는 이미 그것을 마시고 취해 있었지. 어떤 사람은 아주 괴롭고 우울한 눈길로 나를 쳐다봤어. 다른 사람은 내 손을 스치듯 잽싸게 잡았지. 또 다른 사람은 나한테 레모네이드를 갖다줬어. 어떤 사람은 아무 말도 아무 행동도 않고, 그냥 밤새 내 옆에 서 있었어. 누구는 지나치게 쾌활한 척하기도 했지. 어떤 이는 스키 신는 걸 도와주기도 했어, 마치 겸손한 노예처럼. 이 단 하룻밤이 나를 망치고 내게 성에 대해 알려 줬단다. 나는 내가 가치 있다고 느꼈어! 속임수에, 세상의 거짓에 빠졌어! 내 고귀한 유년을 잃어 두 번 다시 보지 못했어, 이 첫 번째 무도회 밤에!

긴 휴식.

어머니 내가 가장 사랑하는 창조물, 신과 같은 내 딸아, 내가 너를 지금, 첫 번째 무도회를 겪은 지금 목 졸라 죽인다면, 아마 네게 최고의 도움을 주는 걸 거야!

그녀는 일어나서 자고 있는 소녀 위로 몸을 숙인다.

소녀가 잠에서 깨어 베개에서 몸을 일으키더니 잠에 취한 채 말한다.

소녀 남작님, 그렇게 저랑 춤을 추신다면, 저는 정신을 잃을 거예요, 그래서는 안 돼요, 용서해 주세요.

어머니는 깜짝 놀라 서 있다. 그러더니 안락의자에 앉아 손에 얼굴을 묻고 격하게 운다.

막이 내린다.

열네 살 소녀의 가면

"내 남자 형제의 가정 교사가 나를 좋아하는 걸 아냐고, 내가 그것을 못 느끼냐고?! 나는 그를 그냥 선생님이라고 생각하는 척해야만 해. 아마 모두들 이런 필수적인 '삶의 거짓말'을 제일 빨리 익힐 거야."

"난 내 여자 친구 릴리를 죽일지도 몰라! 그녀가 나보다 훨씬 우아하게 춤을 추거든! 왜 운명은 내게 덜 율동적인 팔다리를 주었을까?!? 기다려 봐, 친구, 사실 아직은 정확히 잘 모르지만 어떤 것에서건 너보다 훨씬 솜씨 있게 해 보일 테니! 너는 너의 이상적인 춤 솜씨로 그럭저럭 살아가겠지만, 재능 없는 나는 남자들을 위해 다른 뭔가를 해야만 해!"

"나는 내 영어 선생님을 사랑해. 그녀는 온화하고 우울해. 많은 일을 겪은 게 분명해! 그러면 엄마는 나한테 말하지. '얘야, 이제 나는 더 이상 네 안중에도 없니? 미스 뷔르낭만 좋아?' 그때 나는 완전히 절망에 빠졌어. 왜냐하면 지금까지 나는 두 사람을 같은 방식으로 사랑했거든."

"오늘 스케이트장에서 넘어졌어. 경비병 지원자가 일어나게 도와줬어. 정말 망신스러웠어. 하지만 정말로 망신스럽기만 했나? 아주 망신스럽기는 했지만, 한편으로는 그렇지 않았어."

"다른 사람이 하는 걸 하라, 다른 사람이 내버려 두는 건 내버려 두라. 하지만 사람들은 이상하게도 항상 다른 모든 사람들과 다른 역사 속 여성들을 우리에게 가르치지. 잔 다르크, 샤를로트 코르데[29] 같은 사람 말이야! 무엇을 위해, 무엇을 위해 역사를 가르치는가?!?"

"나는 여름 구름이 점점 더 어두워지는 것을 계속 지켜본다. 모든 것이 현명한 자연 속에 있는 잉여의 힘으로부터 해방되라고 재촉한다. 그때 엄마가 내게 말한다. '얘, 피아노 연습 다 했니?! 너도 알잖니, 의무라는 것을.'"

"나는 말로 다 표현할 수 없이 부모님을 사랑해. 하지만 고양이한테서 구해 낸 내 참새 '피피', 밥 먹을 때 늘 내 어깨에 앉아 있는 피피가 언젠가 나를 떠나 날아가 버린다면, 나는 원망하며 그분들을 떠날 테고 상심한 나머지 죽어 버릴 거야!"

29 Charlotte Corday d'Armount(1768~1793). 프랑스의 혁명가 장 폴 마라를 암살한 여성.

"나는 내 독일어 선생님을 미워해. 그에게서는 불쾌한 체취가 나. 그의 정신이 나랑 무슨 상관이야?!? 나는 잉크가 가득 든 뾰족한 펜을 선생님한테 겨냥한 적이 있었어. 선생님 눈을 쏠 생각이었지. 그분이 정말 감격스럽고 멋지게 괴테에 대해 말하는 바로 그 순간이었어."

"그 시인이 우리 저녁 식사에 올지도 모른다는 걸 알았을 때, 나는 빙빙 감아 곱실해진 머리를 망치지 않으려고 따뜻한 목욕물 속으로 잠기지 않았어. 그런데 그 시인이 마침 내게 말하는 거야. '분명히 따뜻한 목욕탕에서 나온 것 같은데, 곱실거리는 머리는 망가지지 않았군요. 이상하네요, 아가씨!?' 그래서 나는 대답했지. '엄마가 머리를 망가뜨리지 말라고 하셨어요, 선생님이 오신다면서요.'

그러자 시인이 대답했어. '거짓말이죠. 얼굴이 창백해졌는걸요!' 나는 그제야 정말로 창백해졌어. 시인들 앞에서는 정말로 조심해야만 해!"

“평범한” 여인

가련하구나, 여성의 호의 앞에서 보호되지 않고

사랑의 발정 속에서 타 버리는 너는!

지금까지 영원히 깨어 있는 자였던 너는 이제 마비된 자가 되어 버렸다!

네가 그것을 깨닫기도 전에 너는 다른 사람이 되었고,

주저앉은 사람이자 방랑자가 되었구나.

네 삶의 그림들은 만화경에서처럼 우아하게 변하지 않고,

너의 방황하는 눈길이 변했구나.

그리고 성적이며 정신적인 힘들의 작은 순환 속에서, 사랑스러운 교환 속에서

이제 너의 너무나 안정된 일상의 운명이 완성된다!

하지만 다른 사람들은 눈을 멀리 향한 채 외롭고

끝없이 자신들의 별을 따른다!

가련하구나, 여성의 호의 앞에서 보호되지 않고,

이제 삶의 “작은 행동”에 이용되는 너는!

가장 아름다운 것을 위해 너는 더 이상 아무것도 느껴서

는 안 된다.

중요한 것은 네가 감기에 걸려서는 안 된다는 것이다!
더 이상 에머슨[30]을 읽지 않고 베토벤을 연주하지 않으면,
너는 숭고한 힘을 무한한 행위에 저장하게 될 것이다!
에머슨과 베토벤은 성스러운 수여자들이나
여성은 너의 희생으로 부를 축적하려 들 것이다!!
그러니 너, 불쌍한 자는 가난해지리라!
그녀는 네 과대망상의 성스러운 핵심을 고쳐 주고,
대신 네게 잘 마름질된 행복한 축복을 준다!
강하게 부는 폭풍 속에서 그녀는 네 길을 막아서며,
조심스럽게 너의 옷깃을 세워 준다!
절벽 앞에서 너를 보호하려 하며,
너를 일상의 절벽으로 가게 내버려 둔다!
그녀는 네 머리를 멜랑콜리와 몽상에서 보호하며,
남는 힘을 없앨 줄 안다!
그녀는 너의 영혼을 동요와 망설임에서 보호해 주며,
가까운 목표를 확실히 휘감아 잡을 줄 안다!
그녀는 몸을 보존하라며 소심하게 너의 육체에게 강요한다,
왜냐하면 그녀에게는 남편이 필요하기 때문이다!!
가련하구나, 여성의 호의 앞에서 보호되지 않고
사랑의 발정 속에서 타 버리는 너는!
우리의 쓸모없는 동경은 우리 힘의 원동력이다!

30 Ralph Emerson(1803~1882). 독일 이상주의를 고취하여 미국 사상계에 영향을 끼친 미국의 시인.

우리가 도달한 목표는 우리 길의 종결자다!

우리의 눈물을 통해 우리는 세계와 연결되며,

이 세계는 영원히 이상을 위해 눈물 흘린다!

그러나 우리 승리자의 미소는 우리에게 유죄 판결을 내린다,

우리가 너무 일찍 통일되었기 때문이다!

그 여인은 우리를 끝으로 몰아내려 한다,

우리의 투쟁으로!

우리는 언젠가 온 자연과 함께 평화로움의 끝인 결혼으로 발을 내딛는다,

그러나 너희들은 이미 아나 혹은 그레테를 향해 기도했을 것이다!

그대 안의 남신은 어떤 여신도 참아 내지 못하며,

지상의 비열한 여인들을 견디지 못한다!

에머슨에 빠져 읽고 베토벤을 연주하는 것은

무한한 힘으로 이뤄 낼 수 있다!

하지만 너의 가장 완벽한 아내는

브륀힐데[31]의 작별의 말을 할 정도로 고양되지는 못했다.

새로운 행동을 위해 가라, 고귀한 영웅이여,

내 그대를 사랑하듯, 그대가 나를 사랑하게 할 수는 없는가?!?[32]

31 고대 독일의 서사시 「니벨룽겐의 노래」에 나오는 여왕. 바그너의 오페라 「니벨룽겐의 반지」는 이를 소재로 만들어졌다.

32 바그너의 오페라 「니벨룽겐의 반지」의 가사.

유흥업소

그는 물랭루주[33]라는 빈의 프라터 공원의 유흥업소에 그녀 없이 갔다. 울고 있는 그녀를 집에 내버려 둔 것이다. 커다란 인공 호수가 따뜻한 홀에 냉기와 습기를 불어넣었다. 홀에는 러시아와 스페인의 멋진 무희들이 전력을 다해 움직이고 있었다. 백여 개의 나지막한 특별석 곳곳에는 멋쟁이 신사들이 호화롭게 치장한 숙녀들, 아내들, 여자 친구들 그리고 굉장히 아름답지만 인간적인 관계를 맺고 있지는 않은 여인들과 함께 있었다. 그는 냉정하게 생각했다. '그래, 나는 울고 있는 그녀를 집에, 쓸쓸한 방에 내버려 두었어, 냉혹하게, 나는 개자식이야, 나쁜 놈이야! 하지만 봐, 거의 특별석 두 칸마다 특이한 멋쟁이, 귀족, 몰이사냥 기수, 혹은 내가 장담하건대 그녀가 저도 모르게 요염하고 은밀한 눈길을 던질 그런 사람이 앉아 있잖아!? 설령 그것이 자연의 힘, 승리를 거두는 그런 힘이라고 생각한대도, 아마 나는 절망해서 죽을지도 몰라. 이미

33 빈의 도심 발피쉬가세 11번 거리에 있던 유흥업소.

모든 안락한 호텔 방들을 봤잖아. 밤에 그 방문들이 마치 그녀를 위한 듯 활짝 열리는 걸 말이야! 그때 그녀는 방에 울면서 남아 있도록 하고, 반대로 나는 러시아, 영국, 스페인의 무희들에게 환성을 질러도 된다는 사실이 엄청나게 기뻤지! 여성은 매순간 '헌신하고 빠져들어.' 하지만 남성은 예술가라면 냉정하고 쌀쌀맞게 즐기지. 따라서 절대 연인을 속이지 않아, 하지만 여자는 남자를 늘 속여! 그러니 남자는 침착하게 세상으로 가고, 여자는 위안받지 못한 채 자기의 작은 방에서 울고 있는 거야!'

자칭 "지루한" 두 짐승

이 "야생 토끼들"의 신경이 얼마나 기이할 정도로 강력한지 상상도 못 할 것이다! 신경과 의사라면 틀림없이 놀라리라! 생명의 모든 기능은 끊임없는 죽음의 위험과 죽음의 두려움 속에서 작동된다! 끝없는 유기체적 추적 망상! 정신 착란은 존재의 현실이다! 끔찍하다! 밥을 먹는 중에 죽음의 위험! 잠을 자면서도 죽음의 위험! 첫날밤에도 죽음의 위험! 항상 여우와 새매, 하다못해 까마귀까지 잠복하고 있다. 단 한 순간도 "내면의 휴식"을 취할 수 없다! 그러면서 동시에 토끼는 제 삶의 법칙을 따른다, 마치 도처에 평화와 안전이 있다는 듯! "건강한" 신경이다. 기사가 갑옷을 입듯 생존을 위한 전투를 위해 무장되어 있다. 덤불 속에서 이미 뭔가 수상쩍게 버스럭거리는 동안에도 지금 막 삶이 시작되기라도 한 듯 토끼들은 삶을 즐길 수 있다. 우리가 그럴 수 있을까! 토끼들은 삶의 예술가이고, 신경의 예술가다! 새매가 눈에 보이지는 않지만 이미 공중에 떠 있는 상태에서도 풀을 뜯을 수 있다! 죽음의 비명이 닥칠 때가 되어서야 늦게나마 매를 두려워한다. 마지막 순간까지 존재를 즐기고 그런 다음에야 조급해진다. "안녕, 너 아름다운 세상이여!" 건강하고 견고한 신경이다! 유난히 저항력 있는 유기체에게는 이렇게 말해야만 한다. "그는 토끼의 신경을 가졌어!"

두 번째 영웅은 주머니쥐다. 목숨이 위태로운 순간에 주머니쥐는 죽은 척한다. 작고 귀여운 발의 민첩성이 더 이상 아무 도움이 되지 않을 때, 날카로운 이빨이 더 이상 아무 도움이 되지 않을 때면 그들은 죽은 척한다. 즉 아주 적절한 시기에 포기한다! 천재적이다! 자기 능력 이상으로 더 오래 싸우려 들지 않고 더 오래 저항하려 들지 않는다! 수동적 영웅주의다! 패배의 승리다! 주머니쥐에게 있어 이것은 최후의 교묘한 술책이 아니라, 진지하고 끔찍한 걱정거리다! 왜냐하면 한 번 죽은 척했다면, 맞아 죽게 되는 상황에서조차 이런 연기를 지속해야 하기 때문이다! 주머니쥐는 피할 수 없는 현실을 예측한다! 아무튼 천재적인 생물이다! 피할 수 없는 음험한 불행에 영웅적으로 자동 복종하는 행동에는 어떤 "기독교적인 것"이 들어 있다. 주머니쥐와 같은 인간은 아주 드물다. 가장 그럴싸한 사람들은 브라우닝 권총을 항상 침대 옆 협탁 위에 놓아두는 사람들이다. 그들은 싸운다, 그리고 사실 절대 패배할 수 없다! 멍청한 삶에 대한 승리를 협탁 위에 놓아둔 까닭이다.

슈베르트

내 침대 위쪽에는 구스타프 클림트가 그린 목탄화가 걸려 있다. 슈베르트가 주인공이다. 슈베르트가 빈 소녀 세 명과 촛불 속에서 피아노에 맞춰 노래를 부른다. 그 아래에는 내가 쓴 글이 있다. "나의 신들 중 하나! 인간들은 자신을 위해 신들을 창조한다, 자신들 안에 숨어 있고 충족될 수 없는 고유의 이상을 어떻게든 살아 있는 존재로 깨우기 위해서!"

나는 가끔 니글리[34]의 슈베르트 전기를 읽는다. 슈베르트의 삶을 전달해 주려는 이 전기에 니글리 개인의 생각은 들어 있지 않다!

나는 한 곳, 37쪽을 벌써 수백 번은 되풀이해서 읽었다. 슈베르트가 젤레츠에 있는 에스터하지 백작의 장원에서 백작의 어린 딸들 마리와 카롤리네의 음악 교사로 있던 장면을 묘사한 부분이다.[35] 그는 카롤리네에게 마음을 빼앗겼다. 그래

34 Arnold Niggli(1843~1927). 스위스의 음악사가 및 음악 비평가.

35 프란츠 슈베르트는 당시 헝가리에 속했던 이곳에서 1818~1824년까지 백작의

서 네 손을 위한 피아노곡을 작곡했다. 백작의 어린 딸은 슈베르트의 깊은 애정을 결코 알아차리지 못했다. 딱 한 번, 아직 어떤 작품도 자기에게 헌정해 준 적은 없다고 그녀가 놀리자 슈베르트는 대답했다. "왜 그래야 하죠?! 어차피 모두 아가씨에게 헌정한 것들인데요!"

마치 어떤 마음이 충만 속에서 또 비탄 속에서 열렸다가 다시 영원히 닫힌 것 같았다. 그래서 나는 니글리의 슈베르트 전기 37쪽을 자주 펼쳐 본다.

어린 딸 마리(1802~1837)와 카롤리네(1811~1851)에게 피아노를 가르쳤다.

곤봉 던지는 미국인

바리에테[36] 극장 특별석에 앉아 있는 젊고 아름다운 숙녀가 말했다. "저를 연모하시는 많은 분들, 여러분 중에서 육 개월 안에 이 잘생긴 미국 청년처럼 멋지게 곤봉을 던질 수 있는 분은 저를 차지하셔도 됩니다!"

남작이 말했다. "음, 아가씨, 저는 아가씨가 정신적인 능력에 더 큰 가치를 두실 거라고 기대했습니다만."

백작이 말했다. "명문가 사람들은 다른 걸 할 필요가 없습니다! 운명의 은총으로 그들이 갖고 태어난 운명이죠!"

젊은 제후가 아름다운 아가씨의 손에 공손하게 입을 맞추며 거리낌 없이 말했다. "제가 해 보죠!"

숙녀가 말했다. "이미 해내신 거나 마찬가지예요, 공자님! 현명한 깨달음과 정성 어린 의지에서 저절로 우리의 모든 힘과 능력이 발전하니까요! 저는 이미 선택했어요!"

36 Variéte. 노래, 곡예, 춤 따위를 속도감 있게 바꿔 가며 상연하는 버라이어티 공연.

남작과 백작은 자리를 떴다. 동화에서 수수께끼를 풀지 못해서 "거절당한 청혼자"처럼.

남작이 말했다. "음, 젠장, 페터 알텐베르크를 읽었어야 했는데, 그 키 작은 심술쟁이의 말을."

“슬픈” 사랑

레스토랑에서 헤어질 때나 거리를 걷다가 네 손을 잡는다면?!?

그곳에서 너와의 첫날밤을 축하하는 건 아닐까, 거의 생리학적으로?!?

자, 봐, 어쩌면 너의 연인이 그 옆에 서 있다가 나를 보고 거의 동정하면서 말하겠지. “잘 가시오, 정신 나간 분.”

그러면 너의 손바닥이 잠시 부드럽게 스쳤던 내 손바닥에 입을 맞추지 않을까?!?

“영혼의 자기 보존 욕구”, 파멸에 대한 이 본질적인 두려움이 우리를 영혼의 위기에서 구할 마법의 약이지 않을까?!?

우리가 여러 사람들 앞에서 망토를 입고 벗는 그녀를 도와준다면, 우리는 그때 신비한 애정들, 이미 이전에 있었고 앞으로 올, 아니면 올 수도 있을 모든 애정의 전율을 느낀다! 행복한 남자는 아마 침대에 그녀와 함께 있으면서도 이런 애정을 느끼지 못할 것이다. 왜냐하면 그곳에서 그녀는 “마누라”가 되기 때문이다. 본성은 개체를 이긴다!

이것이 우리의 불행과 행복의 평준화가 아닐까?!?

너희들은 우리에게서 우리의 첫날밤을 빼앗을 수 있겠는가, 그대 행복한 자들이여?! 우리는 은밀하게 우리의 첫날밤을 갖는다.

우리의 구애에 응하지 않는 "여인들의 환상" 속에서 우리는 첫날밤을 맞기도 한다. 여인들이 우리의 구애를 받아들였다면 어떻게 그들이 가끔 꿈을 꾸겠는가?

변덕 혹은 버릇없는 행동이나 호기심에서 한 번?! 은총을 베푸는 그녀는 그렇게 장난을 치나?!? 그 악마와 같은 여인은?!?

밤에 비몽사몽 잠이 들기 전에 여인의 신경이 반쯤 꿈을 꾸는 것, 그것은 도덕 법칙 위의 왕좌에 앉아 있다! 그 누구도 이를 거절할 수 없다!

행복한 자들이여, 너희는 그녀의 술잔 가장자리에 몰래 그대들의 입술을 갖다 대고 빙 돌려 가며 입을 맞추는가, 달콤한 능숙함으로, 손님들이 떠나 텅 빈 식당 안 아무도 없는 식탁에서?!?

너희는 그녀가 벗겨 놓은 오렌지 껍질에 키스하는가?!?

입술을 성스럽게 하는 포크 끝에 키스하는가?!?

사냥꾼이 개암나무 열매 껍질을 부스러뜨리지 않으면서 사냥감에게 다가가듯, 너희들은 그녀가 좋아하는 접시에 담긴 포도 줄기로 살금살금 다가가는가?!?

이런 성스러운 행동을 할 때 너희를 급습하는 하녀에게 10크로네를 주어 입을 다물리는가?!?

이러한 책략이 필요하기나 한가, 행복하고도 불행한 자들이여?!?

언젠가 젊은 하녀가 내게 말했다. “저는 돈을 받지 않아요, 저는 그 부인이 이런 일을 겪는 게 좋아요!”

아무것도 아닌 것이 교회가 된다!

그리고 그녀의 옷을 우연히 건드리고 싶어지는 동경은 광신이 된다!

옷은 그녀 육체의 상징이 된다!

들떠 있는 느슨한 옷의 주름은 그녀의 피부가 된다!

그녀의 느슨한 옷 주름에서 그녀의 육체를 만져 볼 수 있다. 우리는!

그녀의 옷을 건드린다, 그러면 다시 잠이 들 수 있고, 잠이 들 수 있고, 그때부터 옷은 망가진 신경을 위한 수면제로 작용한다!

우리는 울던 아이가 잠들 듯 잠들며, 필요한 사람에게 이것을 아량 있게 베풀어 준다.

우리는 평화롭게 나은 세계로 잠긴다.

그녀의 옷을 건드렸기 때문이다.

너희 불쌍한 행복한 자들, 너희의 행복을 위해 제일 먼저 필요한 것은 무엇인가?!?

그녀가 말할 때 그녀도 모르게 우리에게 다가온 숨결이 벌써 우리를 기쁘게 만든다.

이 모든 것을 사람들은 “불행한 사랑”이라고 부른다!

거리에서

보드리 드 소니에의 『자동차로 달리는 기술!』

신과 같은 인간의 두뇌가 고안하고 생각해 낸 모든 멋진 것들이 대체 왜 그리 빨리 그로테스크하고 비열한 존재로 변하는가?!? 이 세상의 존재 자체 속 도처에 하늘과 지옥, 현혹하는 사탄과 보호하는 천사가 동시에 있기 때문이다!

평화를 호흡하는 자연, 숲, 초원, 저녁과 아침, 아무 문제도 없는 느긋한 오후와 오전을 힘찬 활동성으로 사랑했던 그 누구도, 저녁에 숲 가장자리에 있는 노루를, 눈 내린 들판의 배고픈 까마귀를, 끝없는 길가에서 피어나고 서서히 말라 가는 덤불, 계곡을 흐르는 물의 폭풍과 같은 심포니와 나무 군락마다의 고귀하고 고상한 침묵을 지켜보고 싶어 하는 그 누구, 그 어떤 사람도 자신의 성스러운 사치품인 "자동차"로 세상을 통과해 미친 듯이 달려서, 인간과 동물과 자기 자신에게 해를 입히고 싶지는 않을 터다!

그대들은 미친 듯이 차를 모는 베토벤, 괴테, 칸트를 상상할 수 있는가, 부유한 자들이여?!?

삶을 그 자체 안에서 서서히 흐르게 두는 것, 그것이 곧 사는 것이다! 다른 모든 것은 엄청난 속도를 내면서 신의 비난, 즉 인간이 신이 만든 세상의 아름다움을 위해 더 이상은 눈도 귀도 시간도 없다는 비난에서 벗어나려는 궁색한 시도일 뿐이다! 프라터의 고급 영업용 마차의 마부에게는 분명 가장 빨리 달리고 싶은 야심이 있을 테지만, 승객으로 하여금 이슬방울이 맺힌 초원, 고요한 숲, 옛 도나우 강 지역, 최신 유행으로 색상 변화를 준, 즉 회색 갈색 푸른색의 변화를 준 조약돌 강가, 묵은 버드나무와 깍깍 소리 내는 까마귀 군락지를 즐기도록 해 준다. 그러나 미친 듯 달리는 자동차는 그렇잖아도 무거운 존재에 깊이 억눌린 그대의 영혼을 아주 간단히 그대로부터 분리해 완전히 파괴한다! 자동차는 음험한 속도를 통해 그대 고유의 평화를 그대로부터 빼앗아가 버린다! 달려라, 운명의 은혜를 받은 자들이여, 프라터 공원 중앙 길에서 구미라들러[37]의 속도를 느끼면서, 그대들이여 이때 원하는 속도보다 자연의 풍요를 중요시 여기라, 그리고 특히 다음 책을 읽어 보라. 보드리 드 소니에의 『자동차로 달리는 기술!』을.

37 고무바퀴를 단 전세 마차 혹은 짐차. 밤이나 이른 아침에 소음을 줄이려고 운행하던 탈것.

고백

아니타, 나는 정말 오직 너의 방 안에서만 너를 사랑한다.

너의 방 안에서는 너 자신을 정말로 사랑한다!

그 밖의 다른 곳에서는 사랑하지 않는다, 너를 사랑하는 척은 하지만.

그곳은 너의 세계이고 다른 모든 것에서 떨어져 있다.

여기서 너는 모두에게 낯선 존재로 오직 내게만 이해된다.

그곳에서 너는 너 자신이다!

너의 암자에서만! 너의 마음이 온 공간을 채운다!

그곳은 교외에 있는 방, 오래된 집에 있는 방이다.

나는 그 방을 그릴 수 있다, 아주 정성껏. 그 집, 그 정원, 계단과 너의 방을.

하지만 나는 입을 다문다.

네가 그곳에 산다, 세상과 떨어져서! 충분하다.

옆방에서 누군가 나직이 클라리넷 연습하는 소리가 들린다는 말을 덧붙일 수는 있다. 근데 그게 무슨 소용이 있어?!

너는 너의 암자에 있다.

네 침대 벽에는 누군가의 초상들만 걸려 있다, 그게 무슨 문제가 되겠나?!?

너는 네 암자에 있고, 모든 것에서부터 떨어져 있으며 오직 나만이 너를 이해한다.

은자를 찾아가듯 그리고 삶의 거짓을 더 이상 참지 못하는 성스러운 사람들을 찾아가듯, 그렇게 나는 너를 찾아간다!

그래, 그렇게 나는 너를 찾아간다, 아니타, 너의 숲속에, 교외에, 너의 방에 있는 너를.

너의 심장이여 찬양받으라!

나는 정말 너의 작은 방에서만 너를 사랑한다.

그 밖의 다른 곳에서는 사랑하지 않는다.

이것이 나의 고백이다.

인류의 신경에 대하여

메시나[38]를 위해

인류의 신경은 개별 인간의 그것과 동일하다. 무덤덤한 나날 속에 "비예술적인 기계 조직", 힘든 시기에 낭만적으로 움직이는 기계 조직! 시민이 천천히 앞으로 나아가듯 생각 없이 영혼 없이 존재의 발전에도 무신경하게 서로 적의를 품은 채…… 그러나 결혼식 날, 생일 잔칫날, 기념일, 장례식 날에서처럼 한순간 낭만적인 움직임을 향해 그렇게 인류는 전진한다! 노처녀의 분노, 악의, 이득을 내려는 의심스러운 본능에 빠진 채 열광은 싫어하면서 인류는 지금 일종의 낭만적이며 예술가적인 열광의 흥분된 나날 속에서 갑자기 일어나, 그들의 내면 깊은 곳에 있는 진정한 기독교의 선한 핵심을 들추어 낸다! 영혼의 도취 상태에 빠져 있듯이! 일반적으로 시민과 온 인류의 영혼은 "히스테리적"으로만 작동한다. 따라서 다

38 시칠리아 섬의 항구로 이탈리아 반도와 가장 가깝다. 1783년과 1908년의 대지진으로 메시나의 옛 모습은 90퍼센트 이상 땅속에 묻혔으며 주민 16만 명 중 7만 명이 사망했다.

음같이 진단을 내릴 수 있다. 과장된 흥분 상태에서 순간 광신적으로 불타오르고 다시 둔한 일상으로 빠져든다고!

예술가라는 생물체와는 다르게!

예술가는 "히스테리적"으로가 아니라 "유기적"으로 도취된다. 예술가는 동기를 기다리지 않고, 마찬가지로 동기는 예술가를 기다리지 않는다! 예술가의 도취, 외부를 감지하는 그의 심장이 우선이고, 그런 다음에야 비로소 예술가가 전심전력했던 그 일이 온다! 그는 생일, 결혼식 날, 장례식 날뿐만 아니라 고통과 기쁨의 매 순간을 즐긴다!

시민, 온 인류가 예술가처럼 되어서 "과장된 흥분 상태"에서만 비로소 자신들의 한결 부드러운 영혼을 발견하는 그런 일이 없기를! 막 번영 중인 도시들은 파괴되지 않고, 사랑하는 인간은 죽지 않기를!

데 아모레

사랑이란 유일한 대상을 향한 극단적이고 과장되며 히스테리적인 집중이다. 따라서 그 대상에서 떨어져 다른 생각을 하는 것은 이러한 상태의 파괴라 볼 수 있다. 그렇기에 진실한 사랑은 이렇게도 적다. 저녁에 엄마가 아이의 작은 침대에 다가와 아주 다정하게 이불을 덮어 주고 베개를 괴어 줄 때, 아이는 엄마를 진짜 정말로 아주 애정을 듬뿍 담아 열광적으로, 이렇다 할 이유를 알 수 없는 기쁨의 눈물을 흘리며 사랑한다. 그때는 친절의 전율이 아이의 심장을 관통하는 것 같다. 하지만 아이가 특별한 축제 행사로서 극장이나 서커스에 가게 되면, 보라, 그곳에서 아이의 심장은 이미 많은 것 때문에 사랑하는 엄마로부터 떨어진다. 그곳에 간 데 대해 엄마한테 감사해야만 함에도 말이다! 너무 늦게 도착하지나 않을까 하는 두려움은 당연히 사랑과 감사의 기분에서 엄청나게 멀어지게 만든다. 특별한 치장에 열중하고, 곱슬곱슬하게 매만진 새로운 귀여운 머리 모양, 모든 것, 모든 것은 아이의 심장을 다른 데 신경 쓰게 만들어, 삶으로 눈을 돌리게 하고 결국은 다시 자기 자신으로 눈을 돌리게 한다.

기쁨의 긴장은 정겨운 감정의 전원시를 파괴한다! 여기서 부모는 기쁨을 주는 사람이지만, 그들은 타인에게 이용되며, 부모가 제공한 기쁨에 뒤따르는 감사는 가슴속에서 우러난 생기 없이 그저 주입된 것일 뿐이다.

그런데 남성은 이와 똑같은 운명을 그가 사랑하는 연인을 통해 끊임없이 겪는다! 이 점에서 그녀는 아기나 사랑스럽고 버릇없는 아이와 같다! 단 하나의 진정한 사랑은 집에, 모든 기분 전환에서 멀리 떨어진 집이라는 안전하고 고요한 은자의 암자에만 존재한다! 그러나 여기에는 행복에 치명적인 단 한 가지 공포, 불행한 자의 평화를 깨뜨리는 공포가 숨어 있다. 숭배받고 있는 아내의 지루함이 숨어 있다! 소박하고 평화로운 생활 정경 한가운데에 끔찍함이 그 거대한 회색 날개로 휙 소리를 내며 움직여 아래로 내려와서는 사랑을 목 졸라 죽인다! 이렇게 우리는 자신의 안전한 탑 안에 있으면서도 세상에서 가장 기이한 것, 즉 사랑하는 여인의 진정한 충심이 파괴되는 상황 앞에서는 안심할 수가 없다!

글쓰기 수업

베를린 뷜로슈트라세 90번지에 있는 피셔 출판사의 친애하는 발행인 귀하, 저는 정말 이렇게 알아보기 쉬운 필체로 글을 쓰는데 제 원고에 첨가한 교정에 그렇게 끔찍한 오자가 들어 있다니 이런 일이 어떻게 가능한지요?!?

친애하는 알텐베르크 씨, 그것은 아주 간단히 설명할 수 있습니다. 귀하의 필체는 다른 원고들과는 달리 너무나 분명해서, 귀하의 원고를 인쇄소의 가장 신참에게 맡겼기 때문입니다!

삶의 한 장면이다! 사람들은 장점 때문에 벌을 받는다!

나는 스무 살 때 슈투트가르트의 쾨니히스슈트라세에 있는 왕립 궁정 서점 "휘너스도르프운트카일"로 가야만 했다. 그곳에서 급히 멋진 필체를 "모집"한다고 했던 것이다. 노교수 퀵셀이 내게 말했다. "저기 엄청 큰 종이가 있고, 엄청 큰 잉크병과 엄청 큰 깃털이 달린 엄청 큰 깃털 펜이 있습니다! 자, 그러니 이제 나랑 함께 회오리바람처럼, 악마의 화신처럼 저곳으로 날아갑시다, 갑판 위로 넘쳐 오는 격랑처럼, 대참사처럼! 그리고 당신, 당신은 저게 무엇이 되든 염려할 필요 없습니다! 그건 내 일입니다! 당신은 전쟁에서처럼 앞으로만 가면 됩니다! 잉크 얼룩을 걱정할 필요가 없어요, 그것은 필기 전쟁에서의 에크라지트[39] 폭탄입니다! 전진, 전진, 전진, 오직 전진하세요! 펜은 계속 움직여야만 합니다!" 그렇게 나는 여드레 만에 멋지고 명료한 필체를 얻었다. 나는 유명한 바이올린 주자가 활을 다루듯이 손목으로 가볍고 유연하게 글을 썼다. 슈투트가르트의 쾨니히스슈트라세에 있는 왕립 궁정 서점 휘너스도르프운트카일의 신사들은 이 주가 지나자 말했다. "자, 우리 저 친구를 그냥 필기 부서에 투입하지! 그런다고 저 친구가 우리 회사에 끼치는 모든 손해를 상쇄할 수 있을지는 모르겠지만?!? 그렇지만 필기, 필기만큼은 할 수 있겠지!"

39 피르크산이 포함된 폭약.

현대의 결혼은 어디에서 문제가 발생하는가?!?

사람들이 접어들 수 있는 두 가지 길이 있다. 사람들은 힘, 일명 "괴테적인" 의지, 즉 최고로 가능한 문화의 꼭대기까지 자신을 올려놓는 그런 의지를 가질 수 있다. 이는 사실 오늘날에는 오히려 노처녀들이 그들의 고독한 방에서 묵직한 억눌림과 멜랑콜리와 실망을 느끼며 남몰래 받아들이는 그런 것이다. 아니면 고통 속에 세상에 내놓은 어린 자식과 함께 느낄 수 있는 것이다! 그러나 이때는 심오한 현명함이 함께 작용해야만 한다. 의사, 변호사 들은 그 어려운 공부를 하는 동안 엄마가 아이의 삶에서 했던 것과 같은 그런 일을 할 필요가 없다! 그런 의무는 엄마에게는 유일한 실제적인 행복일 게다! 엄마가 대충 완벽한 존재, 신과 유사한 존재를 만들기 위해 학문과 감정 기관과의 연합 속에서 독창적 재능과 경험에 바탕하여 아이의 교육을 맡지 않는 한, 두 인간의 관계 속에 하나님의 축복은 생기지 않는다! 어머니는 끊임없이 밤낮으로 그리고 매시간 아이를 육체적·영적·정신적으로 높이 이끌 만한 영적·정신적인 자원을 아이에게 주려 한다! 나는 제머링에서

14도의 추위에 아홉 살짜리 소녀가 비단 양말만 신고 맨다리로 썰매를 타는 것을 보았다. 미국 소녀였다. "감기"에 겁먹는 것은 불쾌한 행동이다. "감기"에 걸리는 게 애초에 가능하지 않도록 당신의 아이를 교육하라! 나는 제머링에서 본 이 미국 소녀의 어머니를 "현대의 영웅"이라 생각한다. 그리고 이런 때에는 단지 그와 같은 "생리학적인 영웅 행동"만이 인정을 받는다! 류머티즘에 걸릴 위험을 감수하고 절대 "겨울 외투"를 걸치지 마라, 그러면 면역력으로 보상받을 것이다! 값비싼 모피를 걸쳐라, 그러면 질병이 그대의 값비싼 모피 끝자락을 잡아당길 터다! 벌거벗은 시골길의 거지가 류머티즘과 통풍에는 그대보다 훨씬 잘 보호되어 있다!

그런데 현대의 결혼은 어떨 때 문제가 발생하는가?!?

고통으로 세상에 내놓은 사랑하는 아이를 살아 있는 예술 작품으로 만들려는 엄마의 자비로운 이상주의가 부족할 때다!

일반적이거나 특별히 중요한 일에 몰두할 수 있는 것, 그것은 모든 "바른 처신"의 비밀이다! 이상주의는 모든 것이다!

그 외 모든 것은 "단조로운 졸렬"에 불과하다! 그것은 "천한 일"이다!

"나는 행복해요. 나와 내 남편을 다 합쳐서 이제까지 될 수 있었던 것보다 더 가치 있는 존재로 내 아이를 만들려고 애쓰니까요!" 젊은 어머니가 말했다.

이상주의, 잘 이해되는 이상주의, 뇌가 만들어 낸 멍청한 유토피아, 이는 정말로 확고한 유일한 것, 인간의 심장, 인간의 뇌가 지상에서 만들어 내는 유일한 것이다! 모든 다른 것은 "잘못된 계산"이다!

학문과 기관 안에서 아이들에게 자신의 모든 힘을 바치는 것이 최고의 자아 이상주의다!

스스로를 위해 사는 것은 어떤 영역에서는 벌을 받는다. 그곳에는 사탄이 눈에 띄지 않게 뒤에 서 있다.

나이 든 독신 남성

자네, 아주 충직한 개의 고통을 아는가, 아마 이루 말할 수 없는 절망에 빠져 그 충직한 개를 구하려고 동물 병원에 보내겠지만, 그때 그 개가 어떤 고통을 느끼는지 아는가?!? 그 개가 자네를 어떻게 쳐다보겠는가, 이 친구야, 자네는 그 개 때문에 마음 아파 하지 않았던가, 그렇게 열광적으로 사랑했던 자네 방을 떠나야만 할 때, 그 개가 자네를 어떻게 쳐다보겠는가?!? 병원에 있는 그 개를, 충직했던 그 개를 만나러 갈 때 자네는 어떤 기분이 들겠는가, 그 개가 자네한테, 그 개에게 그런 일을 벌였던 자네를 나무라듯 등을 돌린다면 말이야?!? 물론 자네는 그저 깊디깊은 사랑의 괴로움에서 그 일을 했겠지. 그 개는 자네를 부끄러운 듯 쳐다보며 속으로 말할 거야. '나는 너를 정말 더 이상은 이해 못 하겠어, 사랑하는 주인아.' 그런 뒤 자네는 그 개의 죽음을 보겠지. 개는 물론 다음과 같은 단 한 가지 감정을 품고 숨을 거두었을 거야. '주인아, 주인아, 이게 내가 했던 모든 충성에 대한 보답인가?!? 주인아, 너를 위해서라면 내가 수천 번 고문당해 죽는 것인들 마다하겠는가?!? 그래야 한다면, 나는 자네 무덤에서 킹킹거리고 배를 곯으며 죽어 가지 않았겠어?!?' 자 이제 자네는 거기 서 있네. "나는 내 감정을 차라리 동물에게 선물하겠어, 적어도 좋은 걸 함께할 수 있는 그런 동물한테 말이야."라고 말했던 자네가. 봐, 세상이 자네의 가련한 영혼의 희망을 무시하고 있어, 자네가 사랑하는 개조차도 죽어 가면서 자네를 비난하듯 쳐다보잖아!

책의 서문

나는 비교적 보잘것없는 경험과 더 보잘것없는 재능으로 그대들 삶의 덮개를 벗겨 보겠다! 보라, 삶이 벌거벗은 채로, 노출된 채로 그대들 앞에 있다! 그러나 나는 무례에서가 아니라 그대들을 돕기 위해서 이렇게 한다!

오직 그런 이유로 나의 책은 정당성을 가져야만 한다. 다른 여인들, 어쩌면 지나치게 여린 여인들, 아니면 그냥 우리 이렇게 말해 보자, 생명력 넘치는 여인들, 그들이 이른바 다년간 쓰라린 경험을 앞서 하는 대신, 왜 처음부터 악취 나고 거짓말을 뿜어내는 삶의 늪을 알면 안 되는 것인가?!?

부유하고 자유로운 인간의 삶은 당장은 여전히 우습고 그로테스크하며 가치 없고 따라서 동시에 비극적이다! 이를 아는 것은 아주 중요하다. 첫째로 아무것도 소유하지 않는 사람들을 위해서다. 이로써 그들의 질투와 절망은 사라진다. 둘째는 부유한 사람들이 어쩌면 정신을 차릴 수 있게 하기 위해서다. 그들은 얼마나 불쌍한 바보들인지!

사실 그저 그대 자신의 심장만이 삶이라는 이 "미로"에서

늘 정성껏 그대를 도우며, 그대 자신의 혼돈에서 그대를 어딘가로 끄집어낸다! 돈이 심장과 뇌로 바뀔 수 있어야만 한다!

이에 나는 부유한 사람들의 삶 속에 있는 그로테스크하고 우스우며 따라서 비극적인 것들에 대한 작은 책을 쓴다. 잘부르크 백작 부인은 이미 이런 삶을 살았다.

예를 들면 그들은 넓은 초원 "쾨니히스비제"의 벤치에, 뫼들링에, 힌터브륄에, 숲 한가운데 풀로 덮인 연못 앞에 있듯이 앉아 있다. 그러나 그들은 그 초원은 보지 못한다! 그들은 말하고 생각하고 느낀다. '나는 정말 알고 싶어요, 이 멍청한 남작이 그 뻰뻰한 인간이랑 어떤 관계일까요?!?' 부유한 인간들은 저녁에 하나님의 초원마다 앉아서 이런 생각을 하고 있다!

열네 살 소녀

나이 들어 가는 그 시인은 열네 살 소녀의 눈길에 취한 것 같았다. 아픈 데다가 잠은 부족해 몽롱한 채 면도도 하지 않고 저녁에 거리로 달려 나와 아주 맛있는 씨 없고 껍질이 얇은 오렌지 열 개, 주하르트 우유, 초콜릿 다섯 통을 샀고, 꽃 가게에서 살구향이 나는 커다란 프리지어 꽃다발을 샀다.

류머티즘을 앓는 아이는 침대에 누워 말했다. "고마워요, 그런데 왜 그렇게 과로하세요?! 그 벗어진 머리로 이러시는 게 제 마음에 들겠어요?! 그리고 면도도 하지 않으셨네요! 아주 멋진 숭배네요!"

"나는 이 모든 것을 나를 위해, 나를 위해서 하는 거요, 당신을 위해서가 아네요! 맹세하는데, 나는 선물이나 관심으로써 내 흥분을 표출할 수 있어야만 해요!"

"아, 그러세요, 아뇨, 그럼 아마 당신을 감당할 수 있어야겠네요."

"그렇게 돼서 당신이 알았으면 좋겠어요, 사람들이 당신을 아주 다정하게 사랑한다면 어떻게 될지 말입니다?!?"

늙은 시인은 오렌지, 초콜릿과 꽃을 들고는 밖으로 나가려고 문 쪽으로 비틀거리며 갔다.

"저기요, 당신 아주 멍청한 거예요, 아니면 그런 척하는 거예요?! 물건들은 놓고 가세요, 그건 내 거예요! 아무도 당신을 대놓고 모욕하지 않았어요!"

늙은 시인은 몽땅 들고 다시 와서는 울면서 아이의 침대가에 주저앉았다. 아이는 미소를 지으며 베개에서 우아하게 몸을 일으켰다. "아뇨, 아뇨, 아뇨, 그렇게 잘못된 건 아녜요, 어리석은 늙은 광대 같은 분."

에프체(F.C.) 양에게 보내는 편지

여인의 마음을 엿들을 수 있는 것, 그것이 전부입니다! 그녀의 아무것도 경멸하지 않고, 미심쩍게 보지 않으며, 많은 것, 주목할 만한 많은 것을 존경합니다! 다른 사람에게는 없는 것을!

"사랑"은 내가 아는 한 가장 불성실한 단어입니다. 왜냐하면 이 단어는 어리석은 무의식의 심연에서 나왔기 때문입니다! 이와 반대되는 진실한 단어는 "이해"입니다! 남자와 여자는 조화를 이루어야만 합니다, 항상 그리고 어디에서나, 정원의 꽃밭 앞에서도, 숲새의 노래 앞에서, 우리 안의 야생 동물의 탁월하고 우아한 도약 앞에서, 특별한 건물 앞에서, 특별한 아이 앞에서, 가게 진열대의 특별한 물건 앞에서도! 도처에서 그들은 자신을 저절로 쉽게 발견할 수밖에 없습니다, 각자는 타인의 은밀하고 사랑스러운 거울입니다!

특히 그런 일에서 양보를 하는 가련한 여인은 불쌍합니다! 조만간 그녀는 가장 씁쓸한 벌을 받을 겁니다! 신이 내려다보시고는, 가벼운 믿음의 시간들을 벌주십니다! 절대로 찾아내지는 못하지만 탐구하는 여인들을 칭찬하십니다! 그분은 그녀들을 섬세하고 본래 설명할 수 없는 유기체라고 여기십니다, 이해 못 하는 군중 속의 그 어떤 사람에게서 밤낮 쉬지 않고 이해를 구하는 그런 조직체라고!

"나는 너를 사랑해, 네가 그렇게 가고, 그렇게 서 있고, 그렇게 앉아 있고, 네가 그렇게 너의 팔을, 너의 손을 놓고 있고, 그렇게 너의 머리를 숙이고, 그렇게 쳐다보기 때문에." 이런 태도는 여인에게 깊은 내적 만족을 주며 멜랑콜리와 히스테리에 유익한 약이 됩니다. 열정 때문에 말을 더듬는 행동보다 말입니다. 열정으로 인한 더듬거림은 불시에 일어나 사람을 바보스럽고 전보다 약해 빠지게 만들죠.

그를 기다리세요, 절대 오지 않을 그를!

보모

그녀는 그 누구보다도, 그 누구보다도 훨씬 나은 최고의 여성이다! 그녀는 아무 말 없이 무시당하는 고용인의 운명을 짊어지기 때문이다! 그녀는 사람들이 제공하는 음식을 먹는다. 아무도 그녀에게 묻지 않는다. 그 음식이 그녀에게 적당한지, 그녀가 감자보다 시금치를 좋아하는지?!? 그러나 이 다른 여인들, 이 "살찌워진 숙녀들", 자신들의 이기주의 안에서 그들 남편의 말없는 비겁 속에서 살찌워진 숙녀들은 사람들이 싫어하는 온갖 것으로 엉터리 음식을 만들어 냈다.

보모는 다른 살과 피로 만들어졌던가, 그녀는 이런 것은 사랑하고 저런 것에서는 놀라 물러날 권리가 없던가?! 사람들은 그녀를 조롱한다. 그녀는 고급 담배를 즐겨 피우지만, 그녀의 사회적 입장과 경제 상황에서 보면 그것을 피울 권리가 없다고 생각하기 때문이다. 보모여 스포르트 담배를 피우라, 아니면 차라리 아무것도 피우지 마라! 그대에게 즐길 권리가 있는가?! 그대 무가치의 한계를 넘어서지 마라! 그 "숙녀들"은 몇 시간 동안 가재 요리를 먹는다, 아주 유쾌하게, 그러나 보모는 입을 다물고 거기 앉아 있다, 그렇게 가장 슬픈 침묵 속에, 사람들이 사방에서 그녀에게 허락한 야비한 행동에 기가 꺾인 채. 그때 시인이 엔아알라 담배 열 개비나 되는 꽤 많은 양의 담배를 그녀 앞에 내놓았다. 그녀는 자신에게는 비일상적인 이러한 열렬한 환영에 놀라 당황한다. 그럼에도 시인이 그녀에게 이런 식으로 "비위"를 맞추려고 한다는 것을 잠시 동안 믿지 못하고는, 그가 그저 이런 식으로 다른 사람들의 비인간성을 비난하려 든다고만 생각했다! 곧이어 그녀는 해고되었고, 사람들은 점차 지나치게 "격앙된" 시인과의 교제를 그만두었다. 이 모든 것 중에서 남아 있는 것은 열 가치 엔아알라 담배, 그 보모가 자신의 작은 함에 보관한 꽤 많은 담배뿐이었다.

소문에 대하여

여인들은 쉽게 흥분한다, 아주 쉽게 주변 소문을 받아들인다! 우유 저장고에 있으면, 몇 시간이고 그녀한테서는 우유 냄새가 난다, 그녀의 손, 머리카락, 온몸에서. 채소 시장에 있으면 채소 수프처럼 몇 시간이고 온갖 채소 냄새를 풍긴다. 정원에 있으면 라일락이나 보리수 냄새, 아니면 여지없이 정원 냄새가 난다. 고원 방목지에 있으면 작은 목장과 짧게 깎은 초원 냄새가 난다. 슬픈 운명이다. 왜냐면 바로 그 까닭에 그녀에게서는 조금 전 함께 있었던 마지막 개, 마지막 속물 남자와 그가 풍기는 페스트의 냄새, 그가 내뱉는 거짓말의 악취가 나기 때문이다! 그녀한테서는 절대 시인의 냄새가 나지 않는다. 왜냐하면 시인은 예술가적인 이기주의 때문이겠지만 존중을 담아 거리를 두기 때문이다! 대개 여인들에게서는 "철면피"의 냄새, 항상 누군가에게 지나치게 가까이 다가가는 철면피의 냄새가 난다. 그렇게 가까이 다가가 그녀들은 가장 먼저 소문을 듣는다. 고상한 여인들은 반드시 자연에 머물러야만 한다. 아니면 자기 방의 성스러운 고독 속에 있어야만 한다. 그러지 않으면 사방에서 악취가 풍긴다!

한편 좋은 책들에서는 절대 악취가 나지 않는다. 책들은 사람들이 저지른 악취 나는 모든 죄악을 증류한 것이다. 사람들은 죄악에서부터 좋은 향이 나는 인간성 한 방울을 결국 얻어 냈다!

그러나 다른 것들은 증류되지 못한다!

너는 이렇게 되길 원했던 거야

이제 너는 편안하지, 귀여운 여인아.

나의 싸움소 같은 눈길이 더 이상은 너를 방해하지 않는다.

너는 이렇게 되기를 원했구나.

나는 그걸 소문으로 들었다! 나는 네게 부담이었어!

그리고 여러 날, 여러 해, 다양한 운명이 오겠지.

그리고 언젠가 한가한 때 너는 내 편지들을 뒤적일 테지.

"그 사람은 나 때문에 아주 아팠어, 그런데 나는 그를 죽게 내버려 뒀어."

이제 너는 편안하지, 귀여운 여인아.

너를 방해하는 끝없는 울부짖음의 불안한 울림이 그쳤어!

너의 가혹한 눈길은 말하지. '보세요, 당신의 이런 모습이 저는 훨씬 좋아요!'

너는 검은 표범이 우리 속에서 가끔 광기의 노란 눈길을 던지며 불안하게 같은 자리를 맴돌고 살금살금 걷는 것을 보았던 거니? 그를 보았던 거야?

이제 너는 편안하지, 귀여운 여인아.

"우리는 좋은 친구로 남아요, 페터, 그럴 거죠?! 아니라고요? 왜요?! 무슨, 무슨 생각이세요?!"

"아무것도." 나는 대답하며 악수를 청했지.

원망

그러니까 너는 객관적인 우정과 너의 신비하고 특이한 성품에 대한 나의 극도의 칭찬을 받을 상태가 아니란 말이지!? 그걸 알아차린 사람은 나밖에 없다고?!

그러니까 정말로 너는 차라리 미성년의 어린아이인 상태로 있겠다는 거지, 사람들이 영원히 팔에 안고 귀여워하며 어루만져 주는 아이로 말이야!?!

나는 너를 어렵게 그리고 가장 품격 있는 우정으로 냉담한 꼭대기로 이끌었어.

네가 필요하다면, 물론 다시 너의 따뜻한 골짜기로 다시 데려다줄게! 너의 출신지인 그곳으로!

나약한 그대여, 너는 정말로 마리와 아나가 항상 기다리는 그런 애인이 필요한 거니?!?

너의 무가치함에 얽매여 키들거리며 사랑을 말하는 노예가 필요한 거야?!?

삶에 대한 환상의 자장가를 들으며 잠이 들고 싶어 하고, 그래야만 하는 거니?!?

너는 이제 가치 있어질 수 있다는 말을 듣는 대신에, 너는 이미 가치 있다는 말을 늘 들어야만 하는 거야?!?

너는 내 모든 거야! 이런 말을 너는 영원히 들어야만 하는 거니, 네 존재의 혼돈 속에서 너를 달래기 위해서?!?

자, 나 스스로 너를 그런 남자한테 데려다주마, 네 영혼에게 이런 모르핀을 내줄 남자한테!

그래서 네가 시시한 나날, 가련한 시간의 독약에 충분히 취하고 마취되면, 그러면 아마 그 순간 너는 다시 내게 돌아와서, 네가 당시에는 감당할 수 없던 높은 곳의 공기를 마실 수 있겠지! 나는 기다릴 거야.

하지만 네가 오지 않는다면, 나는 이런 생각으로 살 거야, 네가 한때는 어떤 시인에게 잘못 이끌려 위로 향하는 길에 있었다고!!!

산속 오두막과 숲의 고독을 견디는 이는 소수에 불과하지.

그들은 계곡과 모임을 필요로 해. 누군가는 그들을 그들의 무가치 너머 저쪽으로 데려가서 위안해 주어야만 해.

명성

올여름 언젠가 우리는 빈의 베네치아[40]에 있는 샴페인 정자에서 예술가들끼리 꽤 큰 파티를 하고 있었다. 귀여운 아가씨 세 명이 즉시 우리 쪽으로 와서 앉았다. 우리들 중 누군가가 아가씨들에게 물었다. "이봐요, 아가씨들 오늘 얼마나 명예로운 파티에서 앉아 있는지 아는 거요? 저기 계신 분은 유명 화가인 구스타프 클림트야!" "그렇군요." 아가씨들은 무관심한 듯 대답했다. 그때 네 번째 아가씨가 와서는 말했다. "얘들아, 너희 저기 있는 사람이 누군지 알아?! 나 저 사람 누군지 정확히 다시 알아봤어." "아이, 그게 우리랑 무슨 상관이야, 그 사람이 누구건 우리 생각하고 싶은 대로지." "봐 봐, 저 사람이 바로 그 신사잖아. 겨울에 카지노드파리에서 너희들한테 샤를에드직 샴페인 열두 병 값 내 줬던 사람!" "뭐, 저 사람이 그 사람이야?! 맞다! 이제 알겠다! 저기요, 유명한 화가 아

40 Venedig in Wien. 세계 최초의 테마파크 중 하나로 1895년 5월 18일 빈 프라터 공원에서 문을 열었다.

저씨, 아저씨 만세!"

추신 샤를에드직 샴페인 회사 대표가 언젠가 늦은 시각에 말했다. "이봐, 페터, 혹시 언젠가 자네가 내 회사에 대해 짧은 글을 써 주지 않을까 궁금한데?! 페터, 그럴 요량이라면 마음껏 마셔!"

그러니 이제 나는 약간의 자격을 갖고 술을 마실 수 있기를 기대한다. 물론 당시 클림트 사건 때의 술은 샤를에드직이 아니라 포므리였다. 하지만 샤를에드직도 좋은 술일뿐더러 그것 말고 다른 마실 것을 얻을지도?!

늙은 은행가

자칭 친구들, 그러나 이들은 언제나 "진정한 적"이다. 제3자로서 어떻게 다치게 하고 어떻게 아프게 만들 수 있는지 아주 정확하게 알기 때문이다. 이런 친구들이 늙고 부유한 은행가인 포르게스가 칠십 노인으로서 너무나 아름다운 여자 친구를 둔 것을 비난했다. 그러자 포르게스는 대답했다. "그녀는 어떻게 하더라도 나를 속일 수가 없어. 이 사랑스러운 사람의 인생행로를 평탄하고 수월하게 해 주는 일이 나를 끝없이 행복하게 만들어 준다네. 나아가서 그녀는 그 멋진 시간에, 내게 그녀의 멋진 모습을 선물하는 은총을 베풀어 주는 그 순간에는 나를 속일 수가 없지. 게다가 그녀는 내가 그녀를 위해 해 주는 것에 대해 절대적으로 감사하고 있어. 소위 그녀에 대한 사랑에 눈이 멀었다고 하는 사람들이 그녀한테 해 주는 것이 얼마나 적은지 내가 아주 명백하게 그녀에게 보여 줬거든! 이보게들, 내가 운명의 은총에 따라 마땅히 받아야 할 것보다 큰 요구를 하고 있나?! 그런 건 이 세상의 누구도 갖지 못했어! 나는 내 돈과 내 심장에 어울리는 걸 가진 거야. 물론 사랑스러운 젊은 여인한테 많은 걸 강요할 수도 있어. 하지만 내적으로 누구의 힘이 빠지겠는가? 나야! 그저 자유로운 유흥, 내적인 호의, 진심 어린 감사를 할 때만 여성은 우리를 영혼의 고통에서 보호해 준다지. 무언의 슬픈 눈길이 여인을 상심시키고 겁먹게 한다고 사람들은 말해! 우리는 다른 무기를 사용해서는 안 돼! 늙은 남자도 슬픈 눈길을 할 수는 있지. 만일 여성이 늙은이한테 당혹스럽고 조롱하는 미소로 반응한다면, 그는 실패한 거야, 젊음과 힘을 다 잃은 거지! 우리는 젊든 늙든 간에 '여성'이라는 파충류에 대항해서 단 한 가지 무기밖에는 없어. 고귀한 기품, 진심, 품위와 단념하는 능력, 그것뿐이야!"

늙은 은행가 포르게스의 말이 끝나자 그의 "자칭 경고하는 친구들"은 입을 다물었고 얼굴이 창백해졌다.

일본 종이, 식물성 섬유

그는 애정 깊고 정겨운 인간이 생각해 낼 수 있는 모든 것을 이미 그녀에게 선물했다. 이제 친절한 환상은 바닥이 났고, 그가 할 수 있는 것은 그저 반복뿐인 것 같았다. 그녀는 경이롭고 현대적인 사고로 이 모든 것을 받아들였다. 왜냐하면 특별한 것을 선물하고 선물하고 또 선물하는 것이 그의 병든 영혼을 위한 효과적인 약이라고 생각했기 때문이었다. 비록 의도적이지는 않았지만 사람들이 병들게 한 어떤 마음에 대한 의무라도 되는 듯, 그녀는 이를 받아들였다. 따라서 그녀는 특별히 은밀한 의미는 없다고 생각되는 선물들은 거부하지 않았다. 예를 들면 우산, 장갑, 벨트 버클, 손수건 그리고 기타 등등, 기타 등등, 기타 등등. 하지만 돈이 허락하는 범위에서 볼 때, 그의 현실과 환상은 끝에 도달했다. 이때 그는 신문에서 일본 식물 섬유로 만든 진짜 일본산 화장지 선전을 읽었다. 말할 수 없이 부드러우면서도 조직이 아주 견고한 것으로, 한 상자에 1크로네 80헬러였다. 반면 국산 최고급품 가격은 1크로네였다. 그는 열 상자를 사서 그녀에게 보냈다. 그녀는 처음에는 완전히 놀랐다가 기분이 상하고 병이 났다. 하지만 점차 우위를 차지하는 자연스러운 생각이 있었다. 그리고 그녀는 그냥 답장을 썼다. "이제 그만하세요, 섬세하신 분, 제 삶을 쉽게 해 줄 수 있는 게 또 뭐가 있을까 생각해 내는 건 당신한테는 정말 아주 어려울 테니까요."

엘에스테(L. St.) 부인에게 보내는 편지

친애하는 릴리 씨!

적어도 이 우울한 나날 속에서 당신이 조금이라도 기뻤으면 하는 마음에 소식을 전합니다. 귀하의 두 딸은 틀림없이 아주 미인이 될 것이며, 따라서 일반적으로 삶은 아주 힘들지만, 귀하의 딸에게는 이 삶이 다소 쉬울 겁니다! 큰따님은 오늘 성스러운 행복의 뭔가를 벌써 느꼈습니다. 그리고 사람들도 재빨리 "영혼의 깊이" 안에만 진정한 행복이 잠들어 있음을 느낄 겁니다! 이것이 모든 문제의 해결책입니다. 우리는 그런 식으로만 행복하게 됩니다! "주는 것이 받는 것보다 복되다!" 단단한 기둥에 새겨진 진리입니다!

여자의 삶도 그렇기를! 삶의 헌신을 자각하는 것은 삶의 이기주의의 만족보다 더 큰 삶의 힘을 줍니다! 이것은 "장황한 훈계를 받은 종교"가 아닙니다. 그저 하나의 사업으로, 사람들이 자신의 "삶의 거래소"에서 "자기 자신과 함께 이뤄 가는" 그런 사업입니다. 가장 돈벌이가 되는 사업이며 가장 확실한 것입니다! 유일한 것입니다!!! 밟히기 전의 딱정벌레를 보호하십시오! 그대는 죽음 직전에 있는 그것으로부터 더 많은 생명력을 얻을 겁니다!!! 딱정벌레를 구하는 것, 이것은 즉 그대 자신을 구하는 겁니다! 그래요, 그렇습니다, 우리는 우리의 멋진 아이들, 특히 소녀들을 교육해야만 합니다!

제발, 그들에게 "베풂"의 축복을 가르치십시오, "받음"의 지옥을 가르치지 말고! 그들에게 "헌신"이라는 낙원을 주십시오, 열광적으로 낙원을 일정하고 칭송하는 그 누군가가 낙원을 발견하게 될 겁니다!!!

페아로부터

농장주와의 대화

"칠면조들, 아, 하얀 칠면조들, 그 가련한 놈들은 저기서 사육되고 도살되는군요." "아뇨, 그놈들은 사육되지도 도살되지도 않아요, 대부분은 과식 때문에 죽는걸요."

"어떻게 그럴 수가 있죠?!"

"달콤한 어린 사탕무한테는 지독한 적이 있는데, 주둥이가 긴 쥐색 딱정벌레예요. 칠면조들은 이 벌레를 아주 즐겨 먹죠, 그래서 이제 저기 사탕무밭에다 죽을 때까지 벌레를 먹으라고 칠면조를 풀어 둬요! 칠면조들에게는 삶의 과제죠."

"당신에게는 코친차이나[41] 닭을 키우는 훌륭한 방법이 있군요."

"그런 건 없어요. 농장에 고급 품종의 가금류를 키우면 됩니다. 알들이 도둑맞을 수 있고, 농장주가 이따금 닭을 얻게 되겠지요. 농장주 말로는 어림잡아 150세는 된 닭이죠."

"그럼 어린 닭들한테는 무슨 일이 일어납니까?!"

41 인도차이나 남쪽 지역의 예전 명칭으로, 베트남과 캄보디아 지역을 이른다.

"모릅니다. 그걸 아는 농장주는 없어요. 농사의 신비지요!"

"당신의 훌륭한 채소밭에서는 무엇을 재배합니까?!"

"온갖 채소, 어린 포도나무 같은 것들이요."

"정말 부럽군요."

"절대 그렇지 않아요. 나는 채소 한 포기도 보지 못합니다. 어떤 것을 원하면, 이미 지나 버렸거나 아직 때가 안 됐습니다. 나는 제대로 시기를 맞힌 적이 없어요. 채소가 어떻게 내 시간에 맞춰 주겠습니까?!"

"저녁에는 밭에 꿩이 꽤 많던데요. 왜 쏘지 않습니까?!"

"꿩을 쏠 권리는 있어요. 하지만 그놈들은 옆집 숲에서 왔을 겁니다. 그러니 그놈들을 쏘는 건 정당하지 않습니다."

"그럼 당신 밭에 있는 꿩을 쏴도 되는 건 언제입니까?!"

"그놈들이 옆집 숲에서 오지 않았다는 걸 확실히 알 때요. 하지만 절대 정확히 알 수는 없지요."

"과일나무에 꽃이 흐드러지게 피어 기쁘시죠?"

"네, 하지만 쌍무늬바구미가 다 뜯어먹어요. 물론 이 바구미를 떨어뜨릴 경우에는 땅에는 좋은 거름이 되어서 이듬해의 바구미를 위해 다시 풍성한 과일 꽃을 피우게 해 주죠!"

"댁의 농장에 있는 과일 중에 최소한의 관리를 하라고 시키는 건 어떤 종류입니까?!?"

"빨갛거나 노란 덤불 딸기요. 작은 새들이 그걸 먹어요. 이 새들이 날다가 우연히 내 밭 어딘가에 똥을 싸면 나는 거기서 거름을 얻는 거죠!"

"그런 농장 운영은 정말 재미있겠어요."

"물론이죠. 그 어떤 대재앙이 모든 작업을 망치기를 매일 기다립니다. 대부분은 그런 재앙이 일어나요. 그러면 앞을 내다보는 농장 경영자로서 그런 일에 이미 대비했다는 내적 만족을 얻게 되요. 자연한테 기만당하지 않아요!"

"죄송합니다만 이 촘촘한 울타리랑 잠글 수 있는 육중한 문은 왜 있는 건가요?!"

"묻지 마세요! 전부터 있던 거니까요. 무엇 때문에 만들었는지 아는 사람들이 있었겠죠. 잊었다면 그건 우리 탓이에요. 이런 사회 제도를 변경해서는 안 됩니다. 관리인은 말해요. '나리, 모든 것에는 그 목적이 있습니다. 거기 대해 고심하는 것은 쓸데없는 짓입니다.'라고요."

"농장에서는 아무 실수도 안 하나요?!"

"네, 농장 실수는 없습니다. 잘되어 가는 것은 농장 관리장 덕이고, 잘 안되는 것은 종잡을 수 없고 정복할 수 없는 자연 탓이니까요!"

질투

그는 미친 호랑이처럼 고뇌를 하면서 질투의 고통에서 벗어나기 위해 애썼다! 가시덤불로 가득한 깊은 함정에 빠진 호랑이처럼! 어느 날 숙녀가 그에게 말했다. "이보세요, 선생님, 오늘 정말 조용히 생각에 잠겨 있네요. 무슨 일이에요?!?" 그러자 신사가 대답했다. "혹시 워털루 전투나 스당 전투[42] 혹은 쾨니히그래츠[43] 전투에 대한 보고를 읽어 보신 적 있나요, 그리고 패배한 총사령관들의 기분에 대한 글을 읽어 보셨나요?!? 그게 내 마음입니다, 정말, 정말, 정말 그렇습니다! 사람들은 저를 추방하지 못합니다, 하지만 운명이 행복과 평화의 땅에서 저를 추방했습니다, 영원히! 아무것도 내게 도움이 되지 못하고, 모든 것은 해가 되기까지 합니다! 안녕히 계세요!"

그리고 그 숙녀는 두 시간 동안이나 아주 진지하고 깊은

42 프랑스·프로이센 전쟁 때 프랑스군이 참패한 전투.(1870. 9.)

43 Königgrätz. 체코어로는 흐라데츠크랄로베(Hradec Králové)라 불리는 도시로, 프라하 동쪽으로 100킬로미터가량 떨어진 곳에 있다. 1866년 7월 3일 이곳 근처에서 프로이센과 오스트리아 사이에 전투가 벌어졌다.

생각에 잠겨 있었다. 그런 뒤 그에게 편지를 썼다. 그가 자신을 여전히 많이 많이 사랑해서 훨씬 더 많이 자신을 감당해 주리라 믿었기 때문에, 크게 실망했다고 말이다.

시인의 단골 지정석

세 쌍의 젊은 부부가 그곳에 앉아 지배인에게 중요한 주문을 한다. 한 쌍은 바구니에 든 살아 있는 도나우 가재를 보여 달라 했고, 곧이어 끔찍한 열탕에서 죽어야만 할 가재를 골랐다.

신사 우리 남자한테는 이보다 기분 좋은 게 없어.

숙녀 나는 살아 있는 것을 본 가재는 못 먹겠어요. 가재가 고문당해 죽은 게 내 책임이잖아요.

지배인 마담, 입고 계신 멋진 긴 코트는 노루 가죽을 이어 붙인 것이군요. 그 노루들한테 사냥꾼의 비열하고 음험한 총알도 좋은 일을 하지는 않았습니다. 다행히 직통으로 맞았다고 해도, 가엾은 동물은 말할 수 없는 고통 속에서 죽었을 겁니다. 지나치게 감상적인 경향이 있군요, 마담!

신사 우리는 돈을 내고 기분이 좋아지려는 겁니다! 우리는 온종일 악착같이 일했어요. 여성분들이 감상적이고 싶으시다면 시인을 위해서 조금 아껴 주시기 바랍니다. 그가 살면서 하는 걱정 중에 "이해"와 "공감"보다 중요한 것은 없습니다.

모두 웃었다.
시인이 나타나 모두에게 아주 친절하게 인사한다.

신사 시인 선생, 우리는 완전히 물질적으로 변했습니다. 우린 조금 "고양"되기를 원합니다!
시인 저기요, 지배인님, 시금치를 곁들인 잘 구운 송아지 지라 있습니까?!
지배인 지라는 새하얗습니다, 아직 거의 송아지 목에 걸려 있습니다, 박사님.
숙녀 지라가 정말로 송아지 목에서 나오나요, 박사님?!?

모두 웃는다.

시인 물론이죠, 아름다운 부인, 그것은 "송아지 내장"인데 암소한테는 없습니다. 암소는 새끼를 밸 목적이나 번식의 목적과 같은 생애 더 중요한 목적을 위해 지라를 다 써 버립니다. 그래서 전 매일 송아지의 내장을 먹습니다. 이건 뭔가 가치 있는 것, 신선한 것, 순응의 목적이 아니라 뭔가 시적인 존재죠!

숙녀　당신은 그야말로 시인이에요! 당신이 말하는 걸 전혀 이해할 수가 없어요. 하지만 그래도 맹인처럼 거기서 뭔가 희미한 광채를 봐요. 그러니까 진짜로 정말로 보는 것을 추측하는 거지요!

신사　멍청하긴! 정말 죄송합니다, 제 아내입니다.

시인은 모여 있는 사람 모두를 쳐다본다. 그러더니 조용히 말한다.

시인　제가 오늘 밤에 쓴 편지를 여러분께 읽어 드려도 괜찮을까요?!?

모두 읽어 달라고 간청한다.
침묵, 집중, 짧은 중단.
시인이 읽는다.

시인　아니타, 너는, 너는 왜 늘 식당이나 카페에서 너의 "바람잡이들"과 직선거리에 앉아 있는 건지, 다시 말해 너를 기꺼이 한 시간 동안 소유하려는 그런 사람들과, 네가 기꺼이 한 시간 동안 너를 소유하게 내버려 두는 그런 사람들과 있는 거지?!?
나는 매순간 절망한 눈으로 네 시선이 곧장 어디를 향하는지 살피곤 해. 그 시선을 따라 멀찌감치 건너편에 대상을 볼 때까지. 눈여

겨보면 그 대상은 항상 네게 위험한 사람이지. 나는 일찌감치 이론적으로도 그가 영적이고 성적으로 신비스러운 너의 신경 체계에 위험을 끼치리라 진단했을 거야!?!
너, 사랑스러운 악당, 너는 나의 "근거 없는 절망"에 놀라서, 이른바 너의 순수에 눈물을 터뜨리고 말지!
하지만 카페, 극장, 레스토랑의 공간들을 통과해 언뜻 보면 허공을 응시하는 것 같은 너의 사랑스럽고 존경하는 눈에서 내가 알아채는 그 한 줄기 눈빛은 왜 멀리 떨어진 어떤 대상에게로 향하는지, 언제나 단 하나의 대상에게로만, 당신의 신비한 조직에는 정말 엄청나게 위험한 남자들의 유형을 대표하는 그런 대상에게로만 말이야?!? 나중에 우리끼리만 있을 때, 내가 네게 하는 매질은 체벌 수단이나 교육 수단이라기보다는 오히려 네 인품의 승리라고 하는 게 맞을 거야! 나한테는 끊임없이 끔찍하게 작용하는 네 인품의 승리. 겉으로 보기에는 무심하게 허공을 바라보는 것 같은 사랑스러운 네 눈의 직선거리에서 한 줄기를 따라가, 그 끝에서 정말로 끔찍한 인간 아니면 늙은 여인을 본다면, 그러면 나는 네 앞에 무릎을 꿇고 이번에는 적어도 내게 고통을 덜어 준 데 마음 깊이 감사할 거야. 하지만 그런 일은 절대, 절대로 일어나지 않겠지! 너의 찬양받는 육체에 생긴 푸른색, 연두색, 노란색, 갈색, 보라색 그리고 검은색을 띠는 얼룩들은 너한테는 그저 승리한 전쟁 때문에 집에 달고 온 상처일 뿐이지!!!

너의 페터 알텐베르크로부터.

편지를 읽고 나자 모두는 음식을 그대로 내버려 둔 채 돈을 내고는 아무 말 없이 천천히 당혹스러워하며 인사했다.

시인은 혼자 자신의 단골 식탁에 앉아 송아지 지라를 가지고 온 지배인에게 말했다.

시인 선생, 만일 지라가 신선하지 않다면……

지배인 박사님, 이건 살아 있는 송아지한테서 꺼내 잘라 온 것처럼 아주 하얗습니다. 우리가 박사님께 무슨 빚을 졌는지 잘 알아요. 저, 우리가 그저 웨이터이기 때문에 봐주시는 건가요?!? 우리도 개성에 대해서는 존경을 품고 있습니다! 우리 손님들 모두 중에서 박사님처럼 그렇게 음식을 잘 알고 계신 분은 없습니다!

시인은 혼자서 식사했다.

교훈 시인들만이 유익한 고독을 자기 주변에 널리 퍼뜨릴 줄 안다!

강치들

시인은 아폴로 극장에서 의상 담당자인 마담 율리에테의 강치들을 보았다. 강치들이 보여 준 재주는 그를 매혹했다. 그들의 존재, 온순한 애교, "인간에 대한 사랑", 호의적이며 기쁨에 넘친 노력은 그를 깊이 감동시켰다. 어떤 부자, 행복의 재물을 가진 재능 있는 자, 운명의 축복을 받은 자가, 다감한 마음으로 이 충직한 눈을, 사육사에 대한 이 이해할 수 없는 충성심을 즐기기 위해, 이렇게 멋진 동물을 구입하지 않는다는 사실이 시인은 이해되지 않았다. 숙련되지 않으면서 숙련되었고, 민첩하지 않으면서 민첩하고, 조야한 동시에 세련되었고, 눈으로 충직함을 보이면서 무한한 충성심을 바치는 이 동물을. 시인은 상상한다. 공원에 햇볕을 쬘 수 있는 평평한 바위가 있는 멋진 인공 저수조가 있다. 그리고 어떤 숙녀가 매일 두 번 물고기가 가득한 버드나무 바구니를 들고 온다. 그러면 귀엽게 조급해하는 강치가 수영해 다가와 몸을 곧추세워 나직이 짖고 여주인을 사랑스럽게 쳐다본다. 여주인은 인공 저수조 가장자리에 앉아 영리한 동물에게 다정하게 말을 건다.

동물은 그녀를 이해하지 못하면서도 이해한다! 그리고 어느 날 그녀는 정말 유난히 부드럽게 매끄럽고 축축한 이 바다 포유류의 머리를 쓰다듬으며 말한다. "이 세상에 진정으로 나를 사랑하고 이해하는 건 너밖에 없어."

이렇게 시인은 꿈꾸었다. 그러다 다음 날 저녁 그는 신문에서 기사를 읽었다.

체트 백작 부인이 헝가리에 있는 농장에 보내려고 의상 담당자 마담 율리에테에게서 강치 '로베스피에르'를 12000프랑에 샀다.

그때 시인은 꿈꾸었다. '아마 고귀한 부인은 어떤 이유에서인지는 모르지만 바로 지금, 그런 최상의 친구, 가장 안전하고 충실한 친구가 필요했던 거야!'

죽음

나는 인간 신경과 관련해서는 아무것도 이해하지 못한다. 그중에서도 이 한 가지는 정말로 이해가 안 된다. 대체 사람들은 어떻게 사랑하는 여인의 상실을 견뎌 낼까! 이해할 수가 없다. 당신에게는 세상 모든 산속 초원을 대신하는 그녀의 숨결이 더 이상 불어오지 않는다, 말할 때나 웃을 때 혹은 울 때 내쉬던 그 숨결이! 당신을 취하게 했던 그녀의 피부, 머리카락, 겨드랑이의 향기, 세상 모든 프랑스 샴페인보다도 향긋했던 그 향기가 사라져 버렸다!

온 지구의 음악이었던 그녀의 목소리가 당신 앞에서 멈춰 버렸다. 그녀의 목소리는 당신에게는 전나무 숲속을 스치는 저녁 바람 소리보다도, 동트기 전 산의 숲에서 지저귀는 새의 첫 울음보다도 울적하게 들렸다. 그런데 세상의 음악이 당신 앞에서 멈춰 버렸다! 메시나가 지진으로 폐허가 됐듯이 당신 앞에서 세상의 아름다움이 허물어져 버렸다. 당신의 내면에는 이제 폐허 더미만 남았다!

그녀가 했던 모든 일들은 당신에게는 세상의 매력이었

다! 당신에게는 샴, 자바, 일본, 중국의 수억 명의 아름다운 인간이 필요 없었다!

그녀가 가고 일어서고 앉을 때 당신은 그녀의 모든 것을 보았다! 이제 세상은 폐허 더미다! 왜, 왜 당신은 삶에서 가장 가치 있는 것, 그리움과 고통을 넘어서려는 것인가?! 배가 부른 사람은 흡족해하지만, 배가 고픈 사람에게는 그리움이 있고, 그리움은 그가 그리워하는 음식보다 영양가 높다!

사랑하는 여인의 상실을 절대 이겨 내려 하지 마라! 향기를 뿜었던 그녀의 피부는 불탄 종이처럼 망가지고, 그녀의 달콤한 숨결은 이제 없다! 당신 마음속 세상은 지진 뒤의 메시나처럼 폐허 더미 속에 있다. 시체와 부상자만 남아 있다. 위로는 당신이 스스로에게 저지르는 범죄다!

교태 부리는 여인에게

또 비가 온다고 내가 용서를 빌어야 해?!?

그리고 그래야 한다면, 늘 또 비가 내리게 되니?!?

당신의 선한 의지 바깥에 있는 것 때문에 내게 용서를 빌어도 되는 거야?!?

당신이 기품 없이 걷고, 기쁨에 넘쳐 경쾌하게 걷지 않아도 용서할 수 있어.

비록 그게 내 눈을 화나게 하고, 무자비하게 만든다고 해도 말이야.

답답한 요정들이란 좋지 않은 반대 개념이야.

나는 그것을 용서할 수 있어, 왜냐하면 연습은 좋은 의도일 경우에는 대상을 점차 변화시킬지도 모르기 때문이야.

하지만 내가 당신의 "내적 힘들"을, 당신의 운명, 신경 속에 함께 보존된 그 운명을 어떻게 용서해야 하지?!?

내가 당신의 아버지, 어머니, 조부모를, 당신의 모든 조상을 용서해야 하나?!?

당신이 나한테 그러기를 요구한다면, 용서해 주지!

그래, 나는 살무사를 용서한다, 아무것도 아닌 일로 사람을 물어 죽이는 살무사를.

살무사는 문다…… 왜 물까, 아무도 그 이유를 해명할 수가 없다!

그래, 나는 용서하고 죽는다!

그런데 그냥 용인할 수 없는 죄들을 위해 용서를 강요하고 기대하는 것, 그것이 분별 있는 일인가?!?

거짓 평화로부터 그런 유예를 마련하는 것이 분별 있는 짓이냐고?!?

교태 부리는 여자는 우리한테 용서 빌어도 된다는 거야?!?

봐, 로지타, 나는 당신의 선량한 노력을 감동한 눈으로 바라볼 거야.

그래, 깊이깊이 감동해서!

그래, 바라볼 거야, 고귀한 영혼이 자신의 지옥과 유치하게 싸우는 것을.

용서, 모든 말 중에 가장 슬픈 말!

또 비가 온다고 내가 용서를 빌 수 있을까?!?

그리고 그래야 한다면, 늘 또 비가 내리나?!?

사랑하는 그대여, 우리 용서를 빌며 살지 말자!

죄들은 하루와 시간의 죄들이야

아마도 모든 게 고통에는 도움이 되겠지!

배신

그는 제일 다정한 여자 친구를 잃었다, 어떤 방식으로. 누군가에게서 가장 다정했던 여자 친구가 "사라져 버리는" 수천 가지 경우가 있다!

그때 상냥한 에프에르(Fr) 부인이 그에게 말했다. "당신 때문에 그녀는 소중한 두 해를 잃었어요, 그녀가 그 시간을 다시 회복했으면 좋겠어요."

그리고 하(H) 씨가 말했다. "페터, 자네는 정말 분별 있는 사람이야, 한마디로 여성 전문가지. 그런데 그녀가 자네한테 목맸던 걸 정말 몰랐단 말인가!? 자네는 그냥 평범한 은행원이 될 운명은 아니었던 거야, 만약 그랬다면 그녀가 얼마나 경멸했겠어!?!"

게 양이 말했다. "세상에, 그녀는 행복해지는 대신에, 문학사에 언급되기를 택했군요. 어떤 사람한테 무엇이 더 좋은지가 관건이죠!?! 그건 취향의 문제예요!"

베게(B.G.) 씨가 말했다. "시인은 자신을 괴롭히기도 하고 동시에 그러지 않기도 합니다. 그들은 한편으로는 우리 모두의 고민을 두 배, 세 배로 더 느끼지만, 다른 면으로 보면 '고통'은 그들의 구성 요소이기도 합니다, 잉어한테 물이 그렇듯이요! 물이 없다면 잉어는 잉어가 아니죠!"

그러나 시인은 느꼈다. '하나님께서 내려보신다, 내 마음을, 그리고 그 안에서 무슨 일이 일어나는지 아신다! 그렇지 않다면 사람들은 이 일을 견딜 수가 없을 것이다. 하지만 그렇게, 그렇게 이 일을 견디고 있다, 왜냐하면 누군가 우리와 함께 있기 때문이다.'

그러나 그를 "버린" 그 숙녀는 느꼈다. '그 사람만, 그 사람만 존재해! 하지만 유감스럽게도 그는 모든 요구를 충족시킬 수가 없었어, 삶이 소위 '완벽한 남자'에게 요구하는 그것을. 어쨌든 나는 그를 잊지 않을 거야. 그러도록 다른 사람들이 더 애써 주겠지!'

1908년 빈 전시회

22호실, 현대 예술의 구스타프 클림트 교회.

이 여성 초상화들은 가장 부드러운 자연의 낭만주의가 빚어 낸 마지막 조형물 같다. 시인들이 꿈꾸었던 여성들같이 절대 멎지 않고 절대 해결될 수 없는 부드러운 열정을 감당하기에는 여리고 균형 잡힌 팔다리를 지닌 가냘픈 피조물! 손들은 고상한 영혼의 표현으로, 천진하고 가볍고 경쾌한 동시에 고상하고 온순하다!

실제 일상에서 평소에도 이랬으면 하고 여인들이 바라듯, 모든 여인들은 세상의 고난 밖에 있다. 모두는 한층 낫고, 한층 부드러운 세계를 위한 공주님들이다. 화가는 그것을 보았고, 당황하지 않고 공평한 입장에서 여인들이 그리는 이상으로, 여인들 내면에서 노래하고 비탄하는 이상으로 그녀들을 고양했다. 화가는 예를 들면 티서 강[44]의 갈대 늪 곳곳에서 보

44 카르파티아 산맥에서 발원, 헝가리 동부를 남쪽으로 흘러 벨그라드의 북에서 도나우에 합류하는 강.

랏빛 왜가리를 본다. 그러나 딱 한 번 그는 이제껏 본 것보다 훨씬 활기차고, 이제까지보다 훨씬 빛나면서 보라색이 감도는 황홀한 갈색 깃털 옷을 입은 왜가리를 보았다…… 그리하여 그것을 그렸다!

저녁 햇살이 비치는 순간이었을까, 아니면 매가 공격하는 위험 앞에서 완전히 안심하여 쾌적하다 느끼는 순간이었을까. 어쨌든 화가 자신의 가치를 남김없이 예술적으로 펼치는 순간이었다!

이는 예술가를 위한 순간들이었다! 그렇게 그는 그 여인을 보았다! 존재의 수수께끼를 응시하면서, 자부심에 넘쳐, 정복될 수 없이, 그럼에도 이미 슬프고도 슬픈 생각에 잠긴 그녀! 이 세상의 것이 아닌 손의 아름다움, 그 아름다움만이 삶과 그의 다양한 술책과 중독을 이긴다. 이 손은 말한다. "칠십 평생 우리는 이래요, 그리고 사람들은 우리가 이렇다는 것을 귀부인에게서 알아보죠, 우리가 화가와 시인의 열광을 위해 태어났다는 것을 통해서 말이에요! 그것이 우리가 누리는 단 한 가지 확실한 절정기죠!"

카탈로그 1번 세 가지 나이. 노파는 시들어 가는 육체를 보며 슬피 운다. 그녀는 후광을 잃었다. 이제 그녀의 깊은 영혼과 깊은 인식이 무슨 소용이란 말인가?! 젊은 엄마는 피곤하고, 그녀의 아름다운 힘을 귀여운 아기에게 주었다. 모든 관계가 그녀는 피곤하고 또 피곤하다.

어린아이도 피곤하다. 아직은 살 수 없기 때문에 잠을 잔다, 어머니의 품속에서 몸을 웅크리고 그 속에서 보호받으면서. 모든 것이 이 그림 속에 들어 있다, 여성이라는 존재의 슬픔과 낭만에 대한 것이, 동시에 열반과 무를 향한 눈길까지도.

그대는 자연의 진정하고 가장 공명정대하며 가장 여린 친구인가?! 그렇다면 그대의 눈으로 그림들을 빨아들여라. 시골의 정원, 너도밤나무 숲, 장미, 해바라기, 활짝 핀 양귀비꽃을! 여기서 풍경은 마치 여인처럼 다뤄졌다. 고유의 낭만적인 최고점까지 끌어올려진 것이다! 사람들은 자연을 정당하게 평가하고, 자연을 미화하며, 자연을 눈에 보이게 만든다. 우울하고 눈에는 기쁨을 잃은 회의론자를 위해! 구스타프 클림트, 근원적인 농부의 힘과 역사적인 낭만주의를 신비롭게 결합해 낸 그대에게 영광 있으라!

질투에 대하여

모든 것을 간파하고 특별한 관계에서 이미 정말로 모든 것을 알고 있는 현대 남자를 두고 "여인을 자세히 관찰해서 그 여인을 갈망하는 사람은 이미 그녀와 부정을 저지른 셈이다!"라고 더 이상 말할 수는 없다. 이런 상황은 더 극단적으로 언급되어야 한다. "그녀가 이미 그와 부정을 저질렀다!"라고 말이다. 왜냐하면 정숙한 여인은 비접근성과 난공불락이라는 벽과 함께 품위와 고귀한 영혼에 의해 지켜지고 보호되며 방어되어서, 돈 후안의 눈초리는 내리깔리고 수줍게 비껴지기 때문이다! 그대들이 그저 그대들의 존재만으로 정복자를 이길 수가 없다면, 그대들은 결코 그를 이길 수 없다, 그 무엇으로도 이길 수 없다! 그는 그대들의 성스럽고 고귀하며 생각에 잠긴 존재의 순교 앞에서, 내적으로 저도 모르게 무릎을 꿇을 것이며 후회에 가득해서 그대들이 마음의 평화를 느끼도록 내버려 둘 것이다! 그저 몇 분간 평화를 주는 이런 자들이여, 저주받으라, 삶은 수년 동안 지속되기 때문이다! 여인들이여, 거친 전사들이 그대들 사원의 벽 앞에서 자발적으로 되돌아가기를! 자발적으로 기꺼이! 그러면 질투, 즉 남성의 영혼에게 가장 끔찍한 이 질병은 추방되어 사라지고 극복되리라!

그레고리 서커스단

남자들은 목적에 딱 맞게 만든 다리 없는 붉은 가죽 의자에 등을 대고 누워 귀여운 소년들과 발로 곡예를 한다. 거대한 공, 주사위, 책상, 칸막이 대신에 살아 있는 존재로 곡예를 부리는 일명 "대척점" 쇼다. 소년들의 육체는 탄성 고무처럼 유연해서 그들한테는 어떤 일도 일어날 수가 없으며 점프를 할 때마다 휘어진다. 그들에게 무슨 짓을 하건, 한 군데도 다친 곳이 없다! 소년들의 육체는 소녀보다 발달되었고, 그들의 표정은 빛나고 열정적이다. 그들은 너그럽고 이해심 많은 주인 곁의 잘 길들여진 개처럼 "일한다". "구타당하는 것"과는 반대다. 그렇지 않다면 이렇게 빛나고 감격스러운 표정을 지을 수가 없다! 사람들은 이들, 이 어린 곡예사들에게 모든 것을 가르칠 수 있고, 엄하게 타이를 수도 있으며, 매질하며 가르칠 수도 있다. 그러나 표정은 강요되지 않는 내면이 자유롭게 택하는 것이다! 나는 모든 곡예사들의 얼굴만을 본다. 그가 곡예사가 될 운명으로부터 "소명"을 받았는지, 아니면 수천 가지 이유로 그런 운명이 "더해진" 것인지 얼굴에 증거가 쓰여 있다! 이제 이 그레고리 서커스단에 그런 "소명"을 받은 소년이 있다. 약간 날카롭고 예민하고, 붉은 화장 아래 약간 창백한 얼굴을 한 소년이다. 사람들은 이것도 알아챈다. 그는 많이 배우지 않았음에도 대가다. 연습을 할 필요도 없다. 그의 안에 있는 무엇인가가 그에게 엄청난 유연성을 준 덕이다. 그의 도약은 다른 매력적인 소년들의 것에 비해 훨씬 세차다. 소년은 모든 점에서 승리자와 같고, 다른 소년들 모두 똑같은 행동을 하더라도 이들에 비해 내적으로 확실히 앞섰다. 그의 내면에는 유연한 긴장력이 축적되어 있어, 다른 소년들이 노력하여 "습득한" 것을 소년은 힘들이지 않고 실행했다. 보라, 기계체조의 천재를! 그는 경쾌한 매력으로 불가능한 것을 실현한다! 그는 이것을 "무료로" 초원이나 마을 거리에서 보여 줄지도 모른다, 바리에테 무대도 그에게는 다르지 않다!

그리고 저기 귀빈석에 쉰 살쯤 된 남자가 무대를 뚫어지게 쳐다보면서 중얼거린다. "저 아이는 나를 망가뜨렸던 모든 여인을 다 합친 것보다 아름답고 귀하지 않은가?!? 내일 저 아이에게 익명으로 제네바산 파텍 시계를 보내야겠다. 천문대의 시험을 거치고, 영하 30도에서 영상 90도까지 보장되는 데다가 전자의 영향을 받지 않게 동덮개가 씌워진 2500프랑짜리로. 그 누구도 선물할 수 없는 시계를! 그리고 나중에 모든 숙녀들에게 이 이야기를 해 줘야지. 들으면서 조소하듯 나를 쳐다보는 여자한테는 따귀를 갈길 거야!"

체험

한스 슐리스만이 금요일 저녁 히칭에 있는 파크 호텔로 꼭 와 달라고 부탁했다. 그곳의 멋지고 넓은 정원에서 26 보병 연대의 악장이자 열정적이고 멋진 도스탈[45]이 음악회를 연다는 것이었다. 밤 11시 반이었다. 슐리스만은 내가 막차를 탈 수 있도록 배려해 주었다. 하지만 기차는 이미 떠나 버렸다. 바로 그 순간 품위 있는 구미라들러 한 대가 우리 앞에 멈추더니, 두 아가씨가 생기발랄한 목소리로 환호성을 질렀다. "페터, 어머나, 히칭에서 뭐하는 거예요?!" "막차를 놓쳤어." 나는 당당하고 순수하게 성장한 두 아이를 다시 만난 것을 별로 기뻐하지도 않고 사무적으로 대답했다. "됐어요, 페터, 우리가 태워 줄게요, 빈으로 가는 길이거든요, 기가 막힌 우연인데요." 한스 슐리스만은 보기 드문 이런 기쁜 우연에 감동받은 듯 서 있더니, 부러워할 만한 친구를 대신해서 선량하고 아름다우며 친절한 아가씨들에게 감사한다며, 이제까지 생각했

45 작곡가 헤르만 도스탈(Hermann Dostal, 1874~1930)을 이야기하는 것 같다.

던 대로 "훌륭한 빈의 심장"이 아직 멸종 상태에 있지는 않은 것 같다고 했다.

우리는 그곳을 떠났다. 마리아힐퍼베르크 근처에서 귀여운 아가씨 중 한 명이 말했다. "페터, 영업용 마차를 얻어 타신 값으로 얼마 내실 거예요?!" 나는 대답했다. "한푼도. 제안받은 거잖아." "됐어요, 고리타분한 분, 그래도 몇 푼만 내세요." 돈을 지불하는 사람에게는 "금화"지만, 돈을 받는 사람에게는 "몇 푼"인 법이다. 나는 대답했다. "나는 너희들 손님이잖아." "바보 같은 분, 혹시 어슬렁어슬렁 빈까지 걸어갈 생각이었어요?!" "글쎄, 힘들면 말 한 필이 끄는 마차를 탔겠지." "아니, 그러니까요, 그걸 탄 거나 마찬가지잖아요." "좋아, 말 한 필이 끄는 마차 삯을 낼게." "보세요, 야간 특별 마차를 타고는 말 한 필이 끄는 소형 마차 삯을 내신다고요, 가세요, 화낼 거예요." "그래, 좋아, 얼마를 내야 하지?!?" "10크로네요, 그건 돈도 아니죠." 나는 그게 돈도 아니라고는 생각하지 않았기에 되물었다. "왜 10크로네지?!?" "그러니까 구걸하시는 분, 당신을 만나기 전에 생각했죠, 마차를 타고 히칭 여기저기 돌아다니면 좋겠다고요, 이 멋진 저녁에요, 당신이 우리한테 그걸 해 주지 않을까 싶어서요!?!" 나는 기꺼이 그렇게 해 주겠다고 대답했다. "자, 그렇다면 당신은 재치 있는 남자예요, 우리의 페터예요." 그래서 그 페터는 마차삯 10크로네를 지불했다. "아니, 우리한테는 친절을 베풀지 않을 거예요?!" 귀여운 두 아가씨가 말했다. "우리가 만난 게 별 가치가 없나 봐요, 무슨 덤 주듯 하네요, 이 사람 좀 보세요." 나는 소녀 각자에게 1크로네를 더 주었다. "페터, 페터, 우리는 항상 당신이 진짜 시인이라고 생각했어요, 이상에 가까울 만큼 재능이 있고 남들보다 좋은 사람이라고요. 더 괜찮은 말도 했는데, 별것 아녜요." 나는 마차를 멈추게 하고는 내렸다. "페터, 화났어요?!" "아니, 왜 화를 내야 하는데?!" "그렇죠, 아주 즐거웠죠?!" "아주." 나는 대답했다. 그러고는 바로 이날 밤 한스 슐리스만에게 엽서를 썼다. "멸종 상태에 처한 '훌륭한 빈의 심장'에 대한 당신의 견해 수정에 관한 겁니다. 이를 위해 다음 주 금요일까지 기다려 주시길 간절히 바랍니다. 26 연대 악장 도스탈이 다시 히칭 파크 호텔에서 연주할 때까지 말입니다. 그때 구두로 답변하겠습니다."

다음 날 나는 귀여운 아가씨 중의 한 명을 만났다. "페터, 잘 만났네요. 어제 당신이 내리자마자 나는 마부석에 앉아서 말을 몰 수 있었어요. 마부는 문이 닫힌 마차 안에 있는 미츨한테 갔지요. 그런 다음에 그는 당신이 지불한 10크로네를 우리한테 선물했어요. 멋쟁이예요, 좀 본받으세요!" 나는 곧바로 한스 슐리스만에게 편지를 썼다. "당신의 첫 번째 감동이 옳은 것이었습니다. '훌륭한 빈의 심장'은 아직도 존재합니다."

"쿤스트샤우"에서의 야외 공연

원작 오스카 와일드의 『에스파냐 공주의 생일』

무용수 엘자 비젠탈에게 바침!

야외. 저녁의 정원. 숨쉬기 아주 좋다. 커다란 금색 쿠션이 놓인 새하얀 왕좌에, 새하얀 벽감 안에 젊은 에스파냐 공주가 앉아 있다. 그녀의 생일날 사람들이 많은 것을 바치려고 한다. 그녀와 그녀의 왕국은 인형극을 보면서 울고 있다. 그런 다음 사람들은 그녀에게 등이 굽은 난쟁이의 춤을 보여 준다. 이 사람은 무아경에 빠지고, 어린 공주는 감동해서 그에게 장미를 던진다. 그는 정신을 잃고, 또 잃는다. 그게 모두의 운명이다! 우리는 불붙고 타 버리고 휘황한 빛을 낸다…… 그러면 사람들은 우리에게 장미를 던지지만, 그렇다고 우리를 진지하게 받아 주지는 않는다. 우리는 그때 소멸하고, 영혼이 도약하는 힘, 열광의 능력을 잃는다. 사람들은 우리를 죽였고, 우리는 더 이상 우리의 것이 아닌 삶을 계속 살 것이다! 우리가 몸이 기형이 된 우스꽝스러운 난쟁이 같은 인상을 준다는 것을 모른 채, 우리는 삶의 공주들 앞에서 열정적으로 끊임없이 춤을 춘다! 그들은 늘 우리에게 순간적으로 어떤 느낌을 받고, 약간 감동을 받기조차 해서 우리에게 끊임없이 장미를 던진다.

그들은 이것을 "우리 운명의 절정"이라 생각한다! 그러나 우리는 "자만"해서 "실현될 수 없는 그릇된 희망"을 이에 연결한다. 그때 그로테스크하고 몸이 뒤틀린 난쟁이처럼 우리의 심장도 파괴되고 만다. 작고 활짝 열린 무대, 뻥 뚫린 하늘 아래, 포근한 6월 저녁에 이 모든 것들이 우리에게 납득이 된다. 엘자 비젠탈은 어린 에스파냐 공주를 놀라울 정도로 연기한다. "어린애 같은" 이 공주는 그녀가 지닌 여성스러운 힘, 비록 이제 겨우 싹이 나는 정도이지만 그 힘을 발휘해서, 벌써 "파괴"를 널리 퍼뜨린다. 이 아름다운 어린아이, 그녀는 탁월했다, 파멸적인 힘을 지녔으며, 그녀 안에는 어린 살무사의 독니 같은 것이 빛나고 있다. 독니가 아직은 보이지 않지만, 벌써 자라나기 시작했다! 그레테 비젠탈[46]은 가엾은 난쟁이를 연기한다. 사람들은 다른 것은 상상할 수도 없었을 것이다…… 불구의 남자(그리고 이상적인 자태 앞에 서면 누군들 그런 모습이 아니겠는가.)가 최고 역량을 발휘하면서 감동적이고 그로테스크하게 몸을 비틀며 춤을 추지만, 그에게 기품이 부족하기 때문에 사람들을 정복하고 제압할 능력은 없다는 것을!? 이것, 이 춤은 장애인의 드라마였다, 그것은 우리가 장애인으로서 우리의 빛나는 자태 앞에서 추는 우리 모두의 비극이었다! 그래서 에스파냐 공주는 그 난쟁이에게 장미를 던진다. 마치 변덕, 오만, 경박함에서 우리 모두에게 장미를 던져 주듯이! 우리 마음이 어떤지는 생각도 않고, 우리를 가치 없는 장난감처럼 망가뜨리며! 그레테 비젠탈은 난쟁이를 그토록 비장하게 연기

46 그레테 비젠탈(1885~1970)은 오스트리아 무용가, 배우, 안무가, 무용 교육가로서 여형제 엘자, 베르타와 함께 무용단을 설립했다.

했다! 엘자 비젠탈은 그토록 비장하게 공주를 연기했다. 그리고 남작 딸 비저 양의 고귀하고 품위 있고 당당하고 멋지며 엄격한 명예 가정 교사 역할! 그리고 이 모든 것은 온화한 저녁 야외에서 상연되었다. 음악이 같이 연주되었다. 무대복은 훌륭했다. 특히 궁정 귀족 부인의 연회색 옷은. 이 궁정 귀족 부인 역의 비저 양의 연기는 탁월했다. 그녀는 어린 시절 내가 숭배했던 여자 가정 교사들을 생각나게 했다. 비저 양은 아동기의 순진성을 잘 이해했고, 동시에 직접 드러내지는 않으면서 다가올 발달을 고상하게 염려해 준다.

이는 온화한 6월 밤에 상연된 야외 공연이었다. 오스카 와일드의 무언극은 멋진 의상을 입은 그레테와 엘자 비젠탈 자매와 남작 딸 비저 양에 의해 공연되었다. 모든 것 안에는 미래의 발전을 위한 중요한 싹이 들어 있다. 각자가 그렇게 조금이라도 장차 올 모든 것에 계속 종사하기를! 성숙은 시간을, 적절한 비와 해와 공기를 필요로 한다. 그러나 수많은 대치 상황들도 번성을 위한 것이다! 엘자 비젠탈 만세!

로나허 극장[47]의 버라이어티 쇼 평

프로그램은 공연 방문객에게 충분한 보상을 줄 만한 최고 수준의 몇몇 사람을 포함하고 있다. 예를 들면 정말 관찰력이 뛰어난 솔로 레슬링 선수와 함께 작업하며 날카로운 조롱을 쏟아내는 익살 곡예사 파이첼과 스칼리. 나아가 빌룬 트리오의 익살 체조 공연, 타의 추종을 불허하는 스파이셀 형제와 마크, 미국식 곡예들. 단순하고 간결하며 익살스러우나 늘 신중하고 아주 빈틈없으며 심리적으로 예민한 그런 미국식 곡예에서, 배우들뿐만 아니라 모든 예술가들은 물론 모든 인간들조차 자신들의 삶을 위해 아주 많이 배울 수 있다. 즉 "저절로" 효과를 내는 것, 지독하게 긴장되고 슬프게 만드는 "강력한 의지"에서가 아니라, 내적 힘과 당연한 소질에 따라 나타나는 것을 말이다. 의지란 생물체가 더 이상 억제할 수 없는 충만한 삶의 에너지와의 자장 안에서 자신으로부터 자유로워지려는 행위다. 여인이 드디어 아홉 달 뒤에, 아주 정성스럽게

47 빈 도심에 있는 극장.

잉태했던 아기에게 생생한 삶을 준 것을 꼭 필요한 일이었다고 생각하듯! 모든 예술가는 그리하리라. 그는 더 이상 억제할 수 없는 내면의 힘을 품고 있어, 결국 가장 생동감 넘치는 잉여로부터 벗어날 것이다. 그러나 이 많고 많은 힘들, 이들은 늘 그저 힘없이 짜증 내며 원하고 또 원하지만, 예술 작업 안에서 그 힘들이 "해방"되는 것을 우리가 "기쁘게" 함께 겪을 수는 없다. 왜냐하면 그 해방이 기쁘게 제공되지는 않기 때문이다. 다시 말해 남아도는 삶의 에너지에서, 특히 에너지를 방출하는 사람을 해방해 주면서 제공되지는 않기 때문이다! 각자는 삶에서 오직 그것, 자신이 기쁘게 희생하며 자연스럽게 제공했던 그것만을 사랑의 선물로 되돌려 받는다. 세상의 질서는 이렇다. 사람들은 버라이어티 쇼 무대에서 상연되는 미국식 슬랩스틱 코미디를 과소평가하지 않을 것이다. 이 코미디는 기쁘게, 유희하듯 가장 외적인 것을 완성한다. 따라서 사람들은 그것을 좋아하고 기꺼이 흥분하게 된다. 대체 왜 자연은 그렇게 깊이 우리를 감동시키며 신선하게 하고 생동감 넘치게 만들까?!? 자연은 그냥 자신의 모든 생산물을 정말 완벽하게 제공하기 때문이다. 모든 나무, 모든 꽃 들은 자연의 곡예 작품이다! 거기에서는 모든 힘이 저절로 함께 작용하며, 모든 힘과 활기를 빼앗아 버리는 "의지"의 작동이 멈춘다! 예를 들어 슬랩스틱 코미디 같은 것으로는 "침팬지"가 주는 효과를 낼 수 없다. 따라서 우리는 침팬지가 될 수 있어야만 하며, 그럴 때 정말로 보르네오의 숲에 사는 것처럼 느끼게 된다. "나는 무대에서 침팬지를 그대로 흉내 내려고 해."라고 말해서는 안 된다. 이미 이 고상하고 온화한 유인원과 수천 가지 친숙한 관계를 맺어야만 한다. 스파이셀 형제와 마크의 공연

때의 이 모든 것, 이것이 로나허 극장에서 미국 곡예술이 보여 주는 것들이다. 폴 콘차스의 연기는 힘과 기품 면에서 그리스 정신의 부활을 보여 준다. 이때 그는 사람을 매료하는 우스꽝스러운 파트너와 함께 연기하는데, 이 파트너에게는 우정과 최고의 애정과 아주 섬세한 유머가 있다. 당구공 곡예사인 클레망 드 리옹은 놀랍고 탁월했다. 안 동크레이는 아주 매력적인 목소리를 가졌고 팔 동작이 아주 멋졌다. 그녀의 왈츠와 그녀풍으로 추는 춤은 품위 있고 정말 프랑스적이었다. 프랑스인들은 오래오래 "역사적인 민족"으로 남으리라. 프랑스 버라이어티 쇼 무용수들은 과거 영웅시대의 "전통"만을 지니고 있으며, 아주 새로운 발전은 시작하지도 않는다. 그녀들이 입는 쥐퐁[48]은 그들이 가진 인간적 기품의 절정이다. 그들은 "탁월한 역사"를 갖고 있고, 발전할 필요도, 절대적인 연대 의식의 문제에서 아직 효능이 입증되지 않은 모든 것들과 함께 갈 필요도 없다! 세상의 혼돈 속에서 잃을 것은 없고 얻을 것만 있는 반귀족적인 조직체들은 이런 것을 감행할 수가 없다! 그러나 프랑스 남성은 자신의 "성스러운 역사"를 이뤄 냈다, 자신을 위해서. 그는 개혁을, 기꺼이 희생할 준비가 된 영웅에 의해 아직 공증되지도 서명되지도 않은 개혁을 감행하지 않는다! 프랑스 여성은 여전히 깊은 믿음으로 자신의 쥐퐁이 가진 영향에 의지한다! 이제 끝으로 영국 왕의 베를린 입성을 담은 놀라운 영화에 대해 언급해야만 하겠다. 이것은 비할 데 없이 특별한 볼거리다. 오페라 「로엔그린(Lohengrin)」의 결혼식 행렬이나 「탄호이저(Tannhäuser)」에서의 손님들 행렬과도 같

48 Jupon. 타프타, 비단으로 만든 복숭아 뼈까지 닿는 우아한 속치마.

다. 세계 무대에서 삶이 만들어 낸 대단한 "연출"의 성과다. 사람들은 인류가 필요로 하는 엄청난 열정에 동참한다. 열광은 영혼의 "신선한 공기"다. 이는 미국의 전쟁 행군과도 같다. 그래서 사람들은 갑자기 그 어떤 일을 위해 죽음을 향해 가려는 용기와 의지가 생긴다.

시립 공원

빈에는 잘 가꾼 시립 공원들이 있다. 하지만 이 안에서 "유기적 발전"이 일어나서는 안 될 까닭이 어디 있단 말인가?! 새로운 발전, 성장을 불어넣기에는 사람들이 현재 있는 것을 충분히 좋아하고 높이 평가하기 때문에, 이런 주장이 현재 있는 것을 비판한다고 보이는가?!?

무엇보다도 모든 좌우 대칭이 깨져야만 한다. 좌우 대칭을 노골적으로 피해야만 한다. 좌우 대칭은 정원을 자연 공원으로, 원시림으로 꿈꾸는 환상을 방해한다! 좌우 대칭은 오랫동안 꼼지락꼼지락 만지작거리며 꼬치꼬치 캐고 드는 인간을 우리에게 보내 주며, 탁 트이고 아주 비옥한 땅 대신에 정원용 화분을 보여 주어, 사람들은 꽉 짜인 직선과 거대한 원만 보게 된다. 화단이 추방되기를! 고상한 꽃들을 작은 초원 여기저기 흩뿌려 놓기를, 마치 다른 모든 초원의 꽃들이 저절로 자라난 듯. 꽃밭의 좌우대칭은 정원의 초라함을 보여 준다! 초원에 저절로 무성하게 자란 꽃들, 캠퍼스로 정밀하게 잰 동그란 꽃밭에 억지로 심기지 않은 예외적인 꽃들은 하나님의 자유롭고 신비한 자연을 대표할 것이다! 예를 들어 시립 공원 안의 작은 양치류 숲은 얼마나 아름다운가. 그저 자연 그대로를, 시커먼 나무들이 드리운 축축한 그늘에서 양치류가 무성하게 자라게 해 주는 자연을 보여 주기 때문이다. 양치류는 썩으면 거름이 된다. 이 지역은 작고 호감 가는 원시림과 같으며, 하다못해 사람들이 앉아 있는 벤치도 이런 인상을 거의 망치지 않는다. 꽃밭은 우리가 넓고 탁 트인 자연에 있다는 꿈을 방해한다. 꽃밭은 항상 우리에게 경고한다, 우리가 땅 한 뙈기에 울타리를 치고 애써 가꾼 정원에 있다고! 비대칭적으로 여기저기 식물들이 흩어져 자라는 초원은 우리에게 절대 그런 경고를 하지 않을 게다! 그 초원은 우리의 절망 너머로 우리를 데려다줄 것이다. 저 멀리 물이 풍경에 활기를 주고 그 풍경을 신비하게 만들 게다. 그런데 왜 장려한 물이 커다란 연못이나 캠퍼스로 정밀하게 잰 연못에 집중되는가?!? 작은 호수들이 커다란 연못들보다 신비스러운데! 왜 초원 이곳저곳에 정말이지 불규칙하고 예기치 않는 곳에 소용돌이 모양의 작은 연못, 지면과 거의 평평하게 테두리 진 연못이 설치되어 있지 않은 것인가?! 무엇 때문에 방해되고 딱딱해 보이는 인공 저수조 테두리를 만든 것인가, 자연은 전혀 알지도 못할 그런 테두리를?! 호화로운 조약돌이 속에서 반짝이는, 수정처럼 맑은 물이 왜 지면과 같은 높이에 있으면 안 된단 말인가?! 대체 왜 언제나 도처에서 교활하게 자연을 피하려는 것인가?!? 인공 저수조의 테두리는 환상을 방해한다. 샘들은 수백 개의 작은 샘으로 흩어져야만 한다. 대충 솟아나 어디로 가는지 알 수 없게 사라지고, 어디로 흘러가는지 아무도 알아차리지 못하는 그런 작은 샘들로 흩어져 정원에 골고루 나뉘어야 한다. 마치 사방에 축복을 내리면서 그 어느 곳에서도 오래 머물지 않는다는 듯이 물을 나누어 주며 냉기를 뿜고는 사라져야만 한다! 그리고 끝으로, 대체 왜 동물의 세계를 활용하지 않는가?! 왜 늘 수백 년 동안 백조, 거위, 오리와 황새로 만족하는가?! 환상적인 동물들도 있지 않은가?! 엄청난 덤불 숲속에 진녹색 새장을 놓고 그 속에 이국적인 새를 넣어 두면 안 될까, 그래서 그 새들이 저절로 그곳에 살게 된 것처럼 하면 안 되는가?! 아니면 브라질산 나무의 낮은 가지에 반짝이는 새장을 걸어 놓고, 그 안에 정말 이 숲에 사는 새들을 넣어 둘 수도 있지 않겠는가? "정원 위의 신사들"인 이 새들은 진지하고 감사하며 심사숙고하는 대신에 비웃듯 미소 짓게 될 터다! 우리의 혼란스러워진 신경을 혁신하는 점에서는 이 두 가지 방법밖에는 없다, 즉 미소 짓거나 아니면 진지해지는 것! 미소 짓는 것이 훨씬 수월하기는 하지만, 진지해지는 것은 더 품위가 있다!

바덴 요양지의 공원 위쪽, 숲의 앞쪽에는 아주 이상적으로 설계된 공원이 있다. 숲에서부터 폭포가 나와 수많은 작은 연못으로 갈라진다. 작은 연못들은 아주 불규칙해서 길게 이어지거나 얽히고, 가장자리는 돌과 기이한 식물로 에워싸여 있으며, 아주 평평해서 바닥의 조약돌과 물에 사는 식물을 연못 곳곳에서 볼 수 있다. 숲의 어두운 샘물이 햇살이 비치는 밝은 초원에서 밝게 미소 지으며 여기저기 산재한 것 같다. 나는 공원 관리소장을 직접 알지는 못하지만, 어쨌든 그는 자연에 자연의 특성을 부여했다! 숲에서 물이 흘러나와 초원으로 흘러든다…….

대화

"자, 둘 중 누가 더 마음에 들어요?"

"저는 언론인보다는 작가가 마음에 들어요."

"둘 다 언론인인데요, 부인."

"말도 안 돼요. 두 사람 표정이 전혀 다른데요."

"무슨 뜻이죠?"

"언론인은 생각하는 건 다 쓸 수 있어요, 그게 재능이죠! 하지만 작가는 생각하는 걸 다 쓸 수 없어요. 재능이 부족한 게 그의 재능이에요."

"어떻게 그걸 표정으로 알아요?"

"한 사람은 최고의 상품을 제시하는 상인처럼 개방적이고 진실해요. 다른 사람은 수줍음을 타고 약았어요. 자신의 가장 좋은 보석을 내면에 품고 있기 때문이죠!"

미치

둥글고 작은 카페 식탁 두 개가 구석에 마주 놓여 있다.
미치가 와서 식탁 하나에 앉는다.

웨이터　미치 양, 늘 앉던 곳에 앉지 않으시겠어요?!?

미치　아뇨, 여기 앉을래요.

웨이터　미치 양, 미치 양, 그래 주시면 좋겠어요, 제발요, 그래 주시면 좋겠어요, 연회장이 열렸어요. 그쪽으로 가셔서 늘 앉던 곳에 앉으세요, 사람들이 뭐라 할 거예요. 그분이 오셔서 이걸 알면!?

미치　럼을 반 채운 차 주세요!

웨이터는 간다.
영업용 마차 마부인 카를이 나타난다.

카를　미치 양, 프란츠 씨는 연회장에 계시는데 곧

여기로 오신다는 걸 알려 드리려고 급히 왔습니다.

미치 가서 말이나 돌보세요.

카를 미치 양, 그렇게 경솔하게 말씀하지 마세요, 저한테는 줄곧 잘해 주셨잖아요.

미치 경솔하게 굴면 안 돼요?! 누가 상관하는데요? 그 사람이 온다면서요, 프란츠 씨요! 불쾌한 인간!

카를 그분이 안달 내실 거예요.

미치 아뇨, 그럴 순 없어요, 불쾌한 인간!

마부가 간다.

프란츠 씨가 천천히 와서는 늘 앉는 자리에 앉는다.

그는 일어서서 천천히 오더니 굼뜨게 느릿느릿 다른 식탁으로 가서는 오른쪽 팔로 식탁을 짚었다.

프란츠 그래, 혼자 있고 싶어요?!?

미치 아뇨, 왜요?! 전혀. 제가 왜 혼자 있고 싶어 해야 해요?!? 우습네요.

말이 없다. 두 사람은 죽임을 당하기 직전의 맹수 같다.

프란츠 그러면 혼자 있고 싶지 않은 건가요?!?

그녀는 차를 마신다.

말이 없다.

프란츠 그러니까 혼자 있고 싶은 거예요?!?

미치 부탁이니까 당신 식탁으로 돌아가세요, 귀찮게 굴지 말고요!

프란츠 귀찮게 군다고요?!

미치 귀찮아요, 네, 귀찮아요!

그녀는 화가 나서 고개를 빳빳이 쳐든 살무사처럼 그를 노려보았다.

프란츠 제가 언제부터 당신을 귀찮게 했나요, 아가씨?!

미치 벌써 오래전부터요.

프란츠 그렇게 오래됐을 리가 없는데요.

미치 아, 네, 아주 오래전부터예요.

미치 어제부터일 거예요, 프라터에서 왈츠를 췄을 때요.

그녀는 비열하고 모욕적으로 미소 지었다.

프란츠 왜 웃어요?! 저기, 저를 갖고 놀지 마세요! 저를 갖고 놀지 마세요, 미치.

미치 뭐라는 거예요, 당신 식탁으로 돌아가세요, 절 그냥 내버려 두세요. 제가 당신한테 뭐라도 했나요, 아니잖아요! 차 좀 마시게 내버려 둬요.

그는 자기 식탁으로 돌아갔다. 채찍질을 당한 우리 안의 호랑이처럼.

이자벨라가 두 식탁 사이로 와서 두 사람을 쳐다봤다.

미치 왜, 왜 거기 서 있어요?! 뭐 볼 거 있어요?!

이자벨라 여기 서 있으면 안 돼요?! 흥분하지 마세요, 아가씨, 당신 쳐다보는 거 아녜요!

미치 뻔뻔한 인간!

이자벨라 뻔뻔한 인간이라뇨, 누가요?!?

프란츠 이자벨라, 도망쳐요! 가던 대로 가세요, 거기서 뭐 해요?!?

미치(프란츠에게) 내가 모욕당하게 두는 거야?! 내가 네 식탁에 가서 앉을까?!?

프란츠 그녀를 내버려 둬, 너한테 아무 짓도 안 했잖아, 무슨 상관이야?!

이자벨라가 퇴장한다.

미치 저 여자가 당신한테로 도망치는 것처럼 보이네, 못나 빠진 계집애, 그런데 당신은 저 여자를 여전히 보호하는군. 또 오면 한 대 갈겨 줄 거야! 못생긴 요물 같으니라고, 또 그런 모습을 보기만 하면!

말이 없다.

두 사람은 럼주가 든 차를 마신다.

이자벨라가 다시 와서는 미치의 식탁으로 다가가 큰 소리로 또렷이 말한다.

이자벨라 미치 양, 폴디 씨요, 그끄저께 프라터에서 왈츠 출 때 만났던 사람이요, 그 사람이 밖에 있어요. 그 사람이 나를 들여보냈어요, 약속한 대로 밖에서 당신을 기다린다고 전하라네요.

미치가 이자벨라를 증오에 가득차서 쳐다보더니, 격하디 격하게 울기 시작했다.

프란츠 울지 마, 미치, 나도 슬퍼! 꺼져요, 뚜쟁이 아가씨, 우리한테 아무것도 전하지 말아요! 세상에는 아직 예절이라는 게 있어요!

미치가 일어서더니 이자벨라의 따귀를 때린다.

활동사진 극장

엘엘에게 바침

그는 그라벤 17번 거리의 활동사진 극장 입장권 두 장을 들고 그녀를 초대했다. 아주 깜깜했고, 눈이 부시도록 화면을 비추는 전기 빛다발 속에서 그녀의 매력적인 옆얼굴이 검은 천으로 된 비상구에 극명하게 대조되어 두드러졌다! 그는 「잔해 속의 메시나」를 보았고, 달리며 죽음으로 내몰리는 런던의 「마라톤 젊은이」를 보았으며, 샤를 페로의 동화를 보았다. 이 동화에서는 못생긴 왕자가 멍청한 공주의 정절 덕분에 멋지게 변하고 반대로 멍청한 공주는 멋진 왕자의 정절 덕분에 현명해지고 재기발랄해지기까지 했다! 노 젓는 사람의 끔찍하고 그로테스크한 모험을 보았는데, 노 젓는 사람은 노를 저을 수 없었고, 그를 뒤쫓던 멋진 모터보트가 더 이상 뒤따라올 수 없는 댐 아래로 떨어지기까지 했다! 그는 매력적이고 흥미로운 벨기에의 레이스 편물 학교를 보았다! 「오스트레일리아인」을 보았다! 무서운 연극 「새벽녘에」를 보았다. 여기서는 몹시 다정한 아버지가 사냥하다가 우연히 사랑하는 어린 아들을 총으로 쏴 죽인다!

그러나 그는 언제나 이 사랑스럽고 매력적인 옆얼굴을 바라보았다. 전기로 내는 빛다발 속에서 비상구의 검은색 천으로 된 문에 신비하게 두드러져 보이는 이 옆모습을. 이 옆모습은 이렇게 말하려는 것 같았다. "봐요, 그럼에도 나는 당신에게 있어 세상의 모든 기이한 사건보다 중요하고 가치 있으며 감동적이죠!"

딱 한 번 이 옆얼굴이 사라졌다. 「오스트레일리아의 타조 농장」에서 사람들이 타조를 잡아서 검은 천을 타조 머리에 뒤집어 씌우고 그 멋진 깃털을 마구잡이로 뽑아낼 때, 그녀는 놀라서 그 고상한 손에 얼굴을 묻었다.

이 순간 멋진 털모자의 아주 훌륭한 긴 타조 깃털 두 가닥이 그녀의 오른쪽 어깨 위로 펄럭이며 나부끼는 바람에 옆얼굴을 더 이상 볼 수 없어졌기에 그는 정말 충격을 받았다. 그는 느꼈다. '오스트레일리아 타조 농장에 있는 타조한테 그러듯이, 너를 숭배할 남자들한테도 그런 여린 동정심을 품으면 좋으련만! 하지만 너는 그러지 않지!'

간접 서평

며칠 전 에곤 프리델 박사가 나한테 말했다. "그건 그렇다 치고, 그 불쌍한 구스타프 마카시, 이 년 전에 고작 서른네 살 나이로 빈의 뫼들링에서 죽은 그 친구 말이야. 그래도 그 친구 자네랑은 자주 정말 친하게 지냈잖아. 그런데 그가 아주 귀한 책을 쓴 걸 모른단 말이지. 『도나우 연대기』를 말이야?!" 나는 책 제목을 들은 것 같지만 제목밖에는 모른다고 말했다. 그러나 에곤 프리델 박사가 말했다. "자네 이 책 꼭 읽어 봐야만 해, 꼭! 이건 예술가의 의무야!"

나는 이 책을 출판했으나 이익을 보지는 못한 출판업자 체웨(C.W.) 슈테른 씨한테서 이 책을 거저 받았다. 이 풍부한 내용의 책을 받고 나서는, 어떤 상황에서도 정신적으로 의지할 수 있는 여자 친구에게 말했다. "자기, 저기 아주 두꺼운 책이 있어. 내 죽은 친구가 쓴 책이야. 그 친구는 가재를 정말 좋아해서 나한테도 자주 최상급 가재를 사 주곤 했지. 자, 내 대신에 이 책을 읽고 책에 대해서 글을 써 봐. 자기 생각은 곧 내 생각이니까!" 그래서 나는 여기에 그 보고서를 올린다. 아래는 내 대신에 내 여자 친구가 『도나우 연대기』에 대해 쓴 서평, 빈 근처 뫼들링 출신의 내 친구 구스타프 마카시, 겸손하지만 정말 재능 있는 작가의 책에 대한 감상이다.

이 책은 삶의 연대기라 할 수 있다. 디르나우 마을에서 벌어진 모든 사건을 단순하게 서술한 이 책에, 사람들이 생각할 수 있는 모든 비천함과 범죄가 총망라되어 있기 때문이다. 살인, 자살, 간통, 근친상간을 다루는 "삼류 소설"이라 할 수도 있으리라. 하지만 상당히 개연성이 있다는 인상을 준다. 우리는 인간의 비천함에 대해 놀라지 않는다. 당연히 여기는 것이다.

자녀 열네 명에 대한 걱정으로 탈진한, 말라비틀어지고 돈을 밝히는 상인 아메더. 아내의 연인과 합의한 이래 벌써 몇 년간 속편하게 두 사람의 간통을 묵인하다가, 갑자기 미칠 듯한 질투에 사로잡혀 아내에게 조금씩 독을 먹이고 그녀가 죽던 밤 자신도 목을 맨 허풍쟁이 빵 가게 주인. 아버지에게 성폭행을 당하고 마을의 창녀가 된 밍카. 타락했음에도 기이한 순교자. 그리고 늙고 괴상한 대령의 우아하고 스스로 아주 관대한 딸. 도둑질에 범죄 성향이 있는 아이들을 여동생과의 사이에서 낳은 오빠. 자칭 "하나님의 뜻"에 충만한 열성적인 대장장이 비더노흐. 그는 자신이 "소명"받았다고 생각한다. 종일 거친 숲과 산을 헤매고 다니며, 그렇게 해서 "성령"에 다가갈 수 있다고 믿는다. 건달, 도둑, 악당, 사기꾼과 자기기만자가 부지기수다. 그러나 비천함의 최고봉은 역겨운 늙은 아낙네, 마을의 무서운 유령인 마녀 쿠릴라다. 그녀는 차곡차곡 쌓인 마을 사람들의 죄에 흠뻑 취해 자신의 독을 사방에 다시 내뿜는다. 이곳이 디르나우 마을이다.

하지만 어쩌면 우리 각자의 내면에도 유령이 잠재하고 있을 것이다. 우연히 교육, 문화, 관습 그리고 보다 나은 삶의 지위를 통해 억눌려 있다고는 해도 말이다. 건강과 풍족한 생활의 거짓 장밋빛 육신에서 벗어난 해골들. 갉아 먹힌 뼈들과 미소 짓는 해골. "본질", 하하하, 인간의 "본질"!

모든 가족들 안에서, 모든 공동체에서, 커피숍과 식당의 단골 손님 탁자에서, 도처에서 사람들은 평화로운 시민, 신실한 남편과 온화한 아내의 가면 아래 자신들의 죄를 감춘 디르나우 마을 거주자들의 가면을 벗길 수 있다.

괴테의 말이 기억난다. "신문에서 여러 범죄를 읽을 때마다 그 범죄들 모두를 내 자신도 저지를 수 있다는 생각이 든다!"

구스타프 마카시는 그 범죄들을 꿰뚫어보았고, 뢴트겐 사진으로 남겨 놓았다. 서른네 살의 나이로 사망한 그는 너무 이른 죽음 때문에 일반적으로 동정을 받는다. 일찍 사망하기는 했지만, 훌륭한 인간들로 가득한 이 멋진 세계, 그 천박함에 대해 그가 이미 속속들이 아는 이 세계와의 작별은 그에게는 그리 힘들지 않았을 것이다. 작별이 힘들었다면 아주 즐겨 먹었다던 가재에 대한 사랑 때문이었을 것이다.

그는 격언을 통해 마음의 짐을 내려놓는다

나의 간곡한 충고를 들은 그는 나를 시켜 여성 예배당의 귀엽고 생기발랄한 합창 지휘자에게 장미 두 송이를 선사했다. 그가 물었다. "그녀가 어떻게 받아들이던가요?!" "70번 째 장미를 보낼 때 말해 줄 수 있겠는데."라고 나는 대답했다.

극소수만이 톨스토이의 말을 따른다. "고귀한 낱알을 뿌리듯 너의 영혼을 네 뒤에 있는 토지에 뿌려라, 그곳이 어디인지 보려고 하거나 토지가 사라질까 불안해하며 둘러보지 말라!" 토지는 사라질 것이다, 그러나 아마 그대가 죽은 후에야 사라질 것이다, 씨 뿌리는 자여!

"나는 씨를 뿌렸고 동시에 거두었다." 어떤 남자가 거리의 불쌍한 아이에게서, 기계로 작동하는 양철 꼭두각시를 사면서 생각했다. '나는 단 50크로네로 고리대금업을 한 셈이야!'

여성들은 절대 흔쾌히 감사를 표하지 않는다, 그렇다, 감사해야만 하는 상황은 그녀들에게 상처를 준다. 그녀들은 낭만적인 심정으로, 사람들이 "극복할 수 없는 필연성"에 따라 자신들을 위해 모든 것을 해야만 한다고 꿈꾼다! 우리 그녀들을 이런 "멋진 망상" 속에 빠져 있도록 내버려 두자. 그들은 우리의 "비극적인 희생 능력"의 어두운 시 문학보다 이를 훨씬 쉽게 이해한다.

히스테리는 과민증이다. 사람들은 연녹색 원추 꽃차례를 가진 진초록 나무를 저녁 정원에서 바라보면서 환상에 잠겨 시를 짓는다. "두릅나무". 건강하다는 것은 이 멋진 나무를 그저 무심하게 지나갈 수 있는 것을 말한다! 그런데 이 건강에 건강의 가치가 있는가?

그대들은 서두르는 삶 속에서 가끔이나마 고상한 숙녀의 눈길을 보았는가, 그녀가 전혀 눈치채지 못했으리라 생각할 때의 눈길을?! 그녀는 세상을 두려워하는 마음속에 자신의 노래들을 조용히 숨긴 시인과도 같다!

여인들은 늘 스무 명의 남성을 필요로 하며, 한 사람의 부양자를 필요로 한다! 당연히 그녀들로서는 한 명의 남성과 스무 명의 부양자가 있는 것이 더 좋을 것이다! 그러나 어리석은 여인들은 모두를 완벽하게 얻을 수 없다!

카를 홀리처가 그린 내 풍자화를 보면…… 우리 모두는 그저 하나님과 자연이 우리에게 의도했던 모든 유기체의 풍자화가 아닐까?!?

여인은 우리가 믿는 대로 된다! 우리가 그녀를 믿을 때, 그녀는 이를 닮을 고귀한 힘을 얻는다! 그녀는 믿지 못하는 자들 앞에서는 슬프게 쪼그라들고 시든다! 그녀가 절대로 그들을 전향시키지 못하는 까닭은 그들에게 거룩한 믿음의 힘이 없기 때문이다!

여인에게 딱 한 가지 바른 행실을 요구하라, 행실을 바르게 하고자 하는 것! 왜냐하면 그 어떤 여인도 저절로 바른 행실을 갖지는 않기 때문이다! 왜냐고! 그녀의 옳은 의지만이 우리를 보호한다! 그러니 우리 불행한 자들이여, 오직 이것만을 위해 기도하자!

꽃들

하엠(H.M.)에게 바침

늙고 병든 시인을 위한 헌신적이고도 영웅적인 십사 일이 지난 뒤 돈이 바닥이 났다. 그녀는 죽을 만큼 지쳐서 멀리 떨어진 대도시로 돌아가야 했다. 늙은 시인의 창문턱에는 녹황색의 히아신스 두 송이를 놓아두었다. 그 꽃들이 작은 방에 정원의 향기를 풍겨 주었다. 그는 온갖 관계로 얽힌 이 힘든 시간 동안 그런 것은 불필요한 감상이라고 생각했다. 하지만 저기를 보라, 아파서 죽을 만큼 지쳐 누워 있는 침대에서 그가 자꾸 두 송이 황록색 히아신스 쪽으로 눈길을 돌린다. 그는 자꾸 일어나 흙이 푹 젖어 더 이상 물을 머금을 수 없을 때까지 꽃에 신선한 물을 준다.

그러고 나서 멀리 떨어진 대도시로 편지를 썼다.

그대가 남겨 둔 두 송이 히아신스가 내게 큰 수고를 끼치는군요. 하지만 죽게 내버려 둘 수는 없소! 그래서 물을 주고 돌보고 있소. 당신과 참 비슷하오! 그치만 꽃이 시들어 내 물병의 물을 더 이상 필요로 하지 않는다면, 나는 슬플 거요, 아주! 당신과 참 비슷하오!

그러자 그녀가 답장을 보냈다.

내 영혼은 당신을 위해 필 거예요, 당신이 그 꽃들을 시들게 하고 말려 죽인대도요! 걱정하지 마세요! 우리는 꽃보다 강하니까요.

삶의 동화

1909년 3월 6일

최근 찰라 에거스체크에서 굴뚝 청소 장인인 요제프 슈테파네르츠의 실습생, 16세의 요제프 콘도르가 끔찍하게 살해된 채 장인의 집에서 발견되었다고 한다. 죽을 만큼 고의적으로 고문당한 게 분명한 데다가 살인자는 그를 곧바로 죽게 해 주지도 않았다! 조사에 따르면 살인자는 장인의 그림같이 예쁜 하녀 마리 촐다스다. 그녀는 불행한 실습공을 치밀하게 살해했다고 이미 고백했다. 살해 동기는 그녀를 미친 듯이 좋아한 젊은 실습생이 절망에 빠져서, 그녀를 친딸처럼 귀히 여긴 장인에게 그녀의 무책임한 연애 행각을 모두 고자질할까 봐 두려워서였다. 한동안 그녀는 장인의 젊은 아들, 우울한 이상주의자 아들이 질투로 실습생을 살해한 것처럼 보이도록 했다. 하지만 갑자기 참모습을 드러내고는 자백했다.

나는 도덕주의자는 아니지만, 파충류 같은 비열한 인간에 대해서는 세 가지 입장만을 취한다. 첫째, 머리를 밟아 버린다. 둘째, 피한다. 셋째, 가둬 놓고 착취하면서 모든 위험은 피한다. 지능은 이 세 번째 방법에 해당된다. 하지만 아무도 이 정도 지능은 갖추고 있지 않다!

전원시

"당신, 우리 이 가게 안에 좀 들어가요. 예쁜 점원이 서비스를 하고 있는데 당신은 정말 그녀가 마음에 들 거예요. 나는 잘 알아요, 당신이 이 가게를 정말 좋아할 거라는 걸요."

"아니, 자기, 정말 아니에요, 그저 잠시 그렇게 보였을 거요. 당신은 나한테 정말 친절하고, 정말 관대해요."

"아, 제발요, 우리 안으로 들어가요, 내가 감당할 수 있는 영광을 주세요. 그런 영광을 주세요."

"아니. 관심 없어요. 갑시다."

그녀는 이제 뺨을 붉히며 행복하게 그의 팔에 매달려 가벼운 걸음으로 간다.

두 시간 전에 그는 혼자 이 가게의 그 아리따운 점원 옆에 있었다.

혼란에 대하여

엘엘에게 바침

"난 알 수가 없어요, 페터, 어째서 말로 표현할 수 없을 정도로 우아하고 매혹적인 사람이 구두 뒤축은 다 닳아 빠지고, 아주 매력적인 옷에는 얼룩을 묻히면서 거의 늘 옷차림에 신경 안 쓰고 다니는 것처럼 보이나요?"

"그게 그 사람이 갖고 있는 특별한 가치를 나타내는 거죠! 자연은 모두에게 무의식적인 자기 관리 욕구를 통해서 살아가며 성공하기 위해 준수해야만 한다고 알려 줍니다! 그래서 특별한 유기체는 자신과 같지만 동시에 전혀 같지 않은 사람들과 함께 살며 지켜야 할 삶의 사소한 법칙을 존중할 필요가 없어요. 그는 조금 힘들기는 하지만 자신의 힘으로 그렇게 살 수 있는 무의식적인 감정을 품고 있죠! 시시한 유기체만 지나치게 꼼꼼하게 노예처럼 자신들의 외형과 내면 안에서 모든 '필요한 조건'을 따릅니다. 왜냐하면 그런 유기체는 나쁜 평가를 부르기를 두려워하기 때문이에요. 나쁜 평판을 막기에 특별히 좋은 것은 없으니까요! 가장 질 낮은 손은 늘 아주 잘 다듬어지고 손질되어 있는 손입니다. 말하자면 그런 손은 돌보지 않은 상태, 즉 '혼란'에 대해 아무 권리도 없기 때문입니다! 아름다운 발은 50헬러[49]짜리 양말과 아주 넓고 정말 편안한 신발을 신을 만합니다. 그 발은 자신의 '내적 품위'와 진정한 가치를 알지요! 자신의 '외적 상태'를 걱정하는 사람은 자기가 그것에 왜 그리 민감한지를 너무도 정확하게 압니다. 그는 빽빽한 대중 속에 숨어 사라지고 싶어 합니다. 왜냐하면 대중 밖으로 불거져 나올 힘이 없기 때문이죠!

나는 닳아 빠진 구두 뒤축, 아주 매력적인 옷에 묻어 있는 얼룩, 흐트러진 머리, 옷 가장자리의 느슨해진 레이스 장식, 사라진 단추에 찬성합니다. 우리는 분명 아주 특별한 인간일 수도 있고, 그러면서도 아주 친절하고 말쑥한 옷차림을 할 수 있습니다. 하지만 '혼란'은 '신적인 경솔함'을 갖고 있습니다. 이런 경솔은 일명 '모욕당한 인류'를 다른 것들과 다시 화해시킬 수 있는 사람에게만 부여됩니다."

49 첫 동전 주조지인 옛 제국 도시 할(현재는 슈배비쉬 할)의 이름을 딴 옛 독일의 동전 이름. 유로 이전의 독일 화폐의 가치로 볼 때 0.5페니히. 1마르크는 10페니히에 해당한다.

파티의 젊은 숙녀의 일기장

미니 베 양에게 바침

사람들은 정말 이런 남자만 좋아할 것이다. 우리가 아주 가끔 도달하거나 절대 도달할 수 없는 모든 정점을 우리 안에서 알아봐 주는 그런 남자를! 우리 안에 잠들어 있는 이상적 상태를 알아맞히고 간파하는 사람만이 우리를 정말로 사랑한다! 매일매일, 매시간 가련한 존재로 만족하는 사람은 절대 진정으로 우리가 차츰차츰 좋아지지 못할 것이다! 만일 그가 우리를 좋아하게 된다면 우리는 그의 애정의 하루살이가 될 것이다! 마음속에서 우리를 꿈꾸지 못하는 사람, 유감스럽게도 스스로의 힘으로는 도달할 수 없는 우리 자신의 이상이 되어 주겠다는 생각을 못 하는 사람, 그는 오늘이나 내일 우리의 일상적인 무뚝뚝함에 실망하게 될 것이다! 사람들은 우리한테서 우리 자신이 아닌 것을 사랑해서는 안 되며, 가장 자비로운 운명 아래서 때로 우리가 될 수도 있는 그런 것을 사랑해야 한다! 우리의 가련함에 대한 그의 슬픔이 그의 사랑일 것이다! 우리도 이를 슬퍼한다는 사실을 그도 알기 때문이다!

천재들만이 모든 위험을 무릅쓰고 자신이 될 수 있는 힘,

철저히 자기 자신이 될 수 있는 힘을 갖고 있다! 그러나 이상적 상황에 도달할 수 없게 만드는 우리의 부족한 점을 다른 이들이 그들의 영혼에서 채워 주기를 바라는 수밖에 없다. 바로 오직 그 때문에 우리는 사랑받고자 하는 깊은 욕구를 느낀다! 우리 자신은 완벽할 수 없기 때문에, 우리가 도달할 수 있는 완벽을 우리 안에서 찾아내는 사람을, 마치 관찰자, 예언자, 예고자와 같은 그를 우리는 그리워한다! 그가 우리에게서 어떤 것을 보기 때문에, 아직은 없는 것 그리고 아무도 보지 못했으나 그럼에도 존재하는 어떤 것을 보기 때문에, 우리는 그에게 집착한다. 천재적이고 친절한 그 관찰자를 위하여!!! 그는 우리 안에서 본다, 현재 누구네 집 딸 처지로서 우리가 꿈꾸는 우리 자신의 모습을!

우리는 사실 그런 사람을 진정으로 사랑한다, 정말로 우리 안에 존재하는 것, 그러나 잔인한 인생 속에서 발전하기에는 너무나도 여린 것, 그런 것이 우리 안에 있다고 믿는 그런 사람을! 하나님은 우리 여인들에게 과도하게 여린 시인의 영혼을 함께 주셨다. 우리는 그것을 억누르고, 실용적인 이유로 그것을 곧바로 파괴한다. 대체 우리의 시인다운 영혼이 무엇에 쓸모가 있단 말인가?!? 그럼에도 우리는 나중에 그런 남자만을 좋아한다, 우리 내면에 있는 시인의 영혼을 부활시키는 그런 남자를! 우리 안에서 아직도 조용히 탄식하고 있는 이상에 귀를 기울이는 그런 남자를! 우리를 위해 슬퍼해 주는 그런 남자를, 사실 우리가 우리 자신을 위해 슬퍼해야 하겠지만!

하나님은 우리가 아름답고 우아하고 동정심이 많고 부드럽고 희생적이기를 바라셨다. 하지만 삶 속 남자는 모든 것에 욕심을 내지 않는다. 그리하여 우리는 어리석게 우쭐거리는 멍청한 여인이 된다! 우리가 이 남자를 위해 나은 존재가 될 필요가 있을까?!? 이 바보, 이상을 거부하는 이 남자에게는 너무도 과하다!

사랑

엘엘에게 바침

너는 사랑이 뭔지 알아?!?

우리가 내면의 상냥함에 눈이 멀 때,

그녀가 잠시, 그저 변덕스럽게, 천진난만한 오만 속에서 그리워하는 것을 감시하고 엿듣는 사람이 될 때,

순간의 신중함을 수백 배로 늘리기 위해 그녀를 매우 원할 때,

그녀가 말할 때 무의식적으로 뿜어 나와 너를 건드리는 숨결을 받아들일 때,

아무것도 아닌 것에 아픈 아이처럼 울 준비가 됐을 때,

달콤한 고통에 차고 넘친 심장이라는 그릇이 상냥함을 마르고 닳도록 방울방울 과하게 떨어뜨릴 때,

그녀의 빨래 바구니 냄새가 마치 아직 한 번도 제머링의 숲에 가 보지 않은 다른 사람들에게처럼 너에게 활기를 줄 때,

그녀가 사용한 젖은 손수건에 네가 열정적으로 입술을 갖다 댈 때,

네가 그녀의 머리카락에서 빠진 머리핀을 아주 조심스레

보관하고, 이제는 다 사라진 핀의 향기를 느낄 때,

그녀의 눈길이 음악처럼 너를 감동시킬 때,

네가 자아에서 벗어나, 이제야 온전히 자아를 잃은 사람으로서 네 자신을 생생하게 느낄 때,

그러면 너는 사랑을 하는 것이다!

그 이전에는 아니었다!

"너를 사랑해."라는 말을 아껴라, 이 세상의 것이 아닌 듯 그 말을 존경하라!

오를레앙의 처녀

1908년 슈투트가르트의 출판사 로베르트루츠가 발행하고 에곤 프리델 박사가 편집한 『헤벨』[50]에서 나는 헤벨의 문장을 하나 발견했다. "요아나[51]는 그 어떤 조건 아래서도 자신에 대해 심사숙고해서는 안 되었고, 몽유병자처럼 눈을 감고 자신의 궤도를 완성해야만 했다."

오래된 프랑스 연대기를 보면 요아나 아르크는 온 생애 동안 "자연스러운 성숙"의 징후를 한 번도 느끼지 못했다.

따라서 그녀는 정말로 "자연 그대로"였고, 한 번도 성스러운 유년기와 그의 독창적인 직관에서 벗어나, 어떠한 상황에서도 위태롭고 불안하며 불명료한 수수께끼에 주의를 기울이게 되는 새로운 세계로의 진입을 경험하거나 체험하지 못했다!

50 크리스티안 프리드리히 헤벨(1813~1863). 독일 극작가이자 시인.

51 프랑스의 국민적 영웅 잔 다르크(Jeanne d'Arc, 1412~1431)의 다른 이름. 오를레앙의 성처녀(la Pucelle d'Orléans)라고도 불린다. 로마 가톨릭교회의 성인이기도 한데, 가톨릭교회에서는 모든 성인의 이름을 라틴어로 명하기 때문에, 잔 다르크를 아르크의 요아나 또는 요아나 아르크라라고 부른다.

그러나 유년 삶의 모든 에너지를 이렇게 유지함으로써, 여성성의 넉 주 주기를 극복하는 능력을 통해, 독창적인 유기체(이것이 전제이기 때문이다.) 안에는 대단히 열광적인 힘들이 생성되며, 동시에 두뇌와 영혼 속에서는 엄청난 황홀함, 특히 한없는 희생의 기쁨이 생성된다! 절제되었던 삶의 에너지가 솟구쳐 올라, 느낌으로 변화하고 곧 온 조국에 기꺼이 희생하며 정성껏 헌신하려는 힘으로 성장한다!

따라서 헤벨이 요아나 아르크와 같은 인물에게 가장 순수하며, 그 어떤 것에도 방해받지 않는 천진난만함을 요구하는 것은 정말 당연한 일이다. 반면 실러는 요아나 아르크에게 그런 천진난만함을 허락할 수 없었다![52] 자연으로부터, 또 사랑하는 남자로부터 삶의 에너지를 평범하게 실행하라는 강요를 받지 않은 이 천재적인 처녀는 자신의 의지 없이 천진난만하게 자연의 높은 계획을 따르며, 수많은 사람들을 위해 또 구원을 갈망하는 조국 전체를 위해 자신을 희생한다!

그러나 자연에 합당하게도, 인간은 넘치는 삶의 에너지를 가진 천재적인 조직체를 감당하지 못한다. 이를 감당하다 보면, 인간은 자신의 너무나도 적은 에너지가 굴욕당하고 손상되며 눈앞에 드러나는 것같이 느낀다!

대부분 가치 없는 남자나 살림살이에 대한 걱정 때문에, 그리고 어쩌면 아이에 대한 걱정 때문에 매일 쇠진해 가고 지치면서도 전력을 다하는 그런 여인은, 온 조국을 위해 기쁘게 자신을 희생하는 잔 다르크 같은 사람을 견디지 못하리라! 평

52 프리드리히 실러(1759~1805)의 희곡 「오를레앙의 처녀(Die Jungfrau von Orléans)」는 1801년 라이프치히에서 초연되었다.

범한 인간의 이러한 굴종적인 감정에는 몇 가지 약이 있다. 이때 약이 되는 말은 히스테리, 정신 착란, 극단이다. 사람들은 이런 말로 자신의 초라함을 용서하고자 한다! 아니다, 암소[53]는 정말 절대로 히스테리를 부리지 않으며 극단적이지도 않고 정신 착란을 일으키지도 않는다! 암소는 적당한 시기에 수소를 받아들이고 새끼를 낳고 우유를 준다. 위대한 행동을 할 결심을 하지 않는다. 사람들은 암소에게 당연히 이것을 요구하지 않는다. 암소는 행실이 바른 평범한 암소일 뿐이다! 그러나 잔 다르크에게는 평범한 여인의 특징이 없었다. 따라서 그녀는 소모되지 않아 신선한 자신의 힘을 완전히 절망에 빠진 조국이 마음대로 쓰게 두었다! 인류는 그녀를 산 채로 불에 태우면서 그녀에게 복수했다. 사람들은 사실 인간이 얼마나 가련한 존재인지를 끊임없이 증명하는 단체를 좋아하지 않는다!

53 독일어 Kuh는 소, 사슴, 기린 등의 암컷을 뜻하며 "계집, 년"이라는 욕이기도 하다.

봄의 시작

쇤부른 궁전 공원의 기름진 갈색 토양은 꽃밭이 될 준비가 되었다. 그 아가씨는 꽃이 피었다면 더 예뻤겠다고 말했다! 사람들은 은밀히 화려한 모습을 준비하고 있다! 야외에는 벌써 스라소니, 야생 나귀와 귀엽고 익살스러운 라쿤도 보인다. 사람들은 느낀다. '저 녀석들은 온갖 날씨를 다 견뎌 내는구나. 무감각한 짐승들이야. 사는 데 온도계가 필요 없으니!' 콘도르, 독수리, 매도 있다. 백조와 오리도. 이들은 보호받을 필요가 없다. 다행히 어떤 비바람 속에서도 번성한다.

그러니까 사실 진보된 존재들, 이들은 외부의 사정에 따라 파괴되지 않는다! 그러나 어리석은 인간들은 장엄한 3월 바람이 두려워 겨울처럼 온 몸을 둘둘 말고 다닌다! 외부 요인에 종속되어 있는 셈이다!

부유한 집안의 자녀들은 어떻게 보이는가?!? 독이 든 방안 공기 때문에 창백하고 피곤해 보인다!

공기, 공기, 공기. 그들은 이것, 이 무자비한 것을 이해하려 들지 않는다! 공기, 모든 위험을 담고 있다! 왜 의사는 공기에 전력을 다하지 않는가?!? 여기 흥미가 없기 때문이다. 그는 질병 덕에 돈을 번다!

쇤부른 궁전의 공원에는 초록색 온실이 있는데 백만 크로네를 들여서 지은 것이다.

당신은 "열대 숲"에 들어선다. 대체 왜 여행을 해야만 하는가?!? 여기서 "열대 아메리카"를 만날 수 있는데 말이다. 따뜻한 공기 속에 있는 이 예외적인 초목들! 이중 거대한 나무들이 엄청나게 높은 유리 천장을 뚫을 듯 위협한다.

밖에는 3월의 바람이 분다, 특히 석양 전에는. 그럴 때면 손가락과 발가락이 얼어 온다. 온실에서는 열대 식물이 번성한다. 라쿤은 야외에 있고 야생 나귀도 바깥에 있다. 그 외에 아무도 밖에 있지 않다.

온실 안에서 파피루스가 자란다.

그 숙녀는 이 모든 기이한 현상에 대해 고상하게 자기 의견을 말했다. 하지만 그녀도 꽁꽁 언다. 그때 그 신사가 따뜻한 차를 마시자고, 그녀를 신중하게 광장에 있는 카페로 데려갔다. 그녀가 말했다. "이제는 여기도 온실 같아요, 열대 아메리카 같아요! 당신은 이 3월에 그렇게 신중하게 내게로 다가왔어요. 이야말로 어쩌면 봄의 시작인 것 같아요."

빅토르 아들러[54]: 빈 노동 신문 사장

1902년 6월 29일 그의 50세 생일을 맞아

불충분하게 이 세상에 나온 그 견본들, 병적이기도 하며 고유한 자아가 없이 "개체로 전락한" 인간 영혼 그 자체인 견본들보다 감동적인 것은 없으며, 그것들보다 비장할 만큼 독특한 것은 없다. 보라, 한 사람이 태어나서 자신에게 주어진 손쉬운 길을 간다. 절대 단념하지 않는 자기 보존 욕구가 그와 동행하며, 이 욕구는 보호의 날개 아래에서 영원히 그를 품어 준다. 그러나 갑자기 삶에 한 사람이 나타났다, 보호받지도 돌봄받지도 못했고, 자기 보존 욕구도 없으며, 처음부터 존재의 비극에 내맡겨진 사람이! 그는 어쩌면 자신만의 가련한 놀람을 위해 자신을 보존하는 개체가 아니라, 무거운 자아에서 풀려나 허풍을 떠는 인간 정신 그 자체다! 그가 생각하는 것은 아직은 생각해서는 안 되는 수백만 명의 생각이며, 그가 느끼는 것은 아직은 느껴서는 안 되는 수백만 명의 느낌이며, 그가

54 Victor Adler(1852~1918). 오스트리아 정치가, 사회 민주주의 노동당 창설자. 상류층 출신임에도 제국의 가난한 사람들과 억압받는 사람들을 위해 애썼다.

말하는 것은 아직은 말해서는 안 되는 수백만 명의 말이며, 그가 행동하는 것은 아직은 행동해서는 안 되는 수백만 명의 행동이다! 그 자신은 자기 보존 욕구 없이 태어났다. 보호하고 마비시키는 자기 보존 욕구에서는 벗어나, 자식을 위해 현재 모든 인생의 위험 속에서 자신을 포기하는 엄마처럼, 자신이 사랑하는 아이, 즉 인류를 위해 어쩔 수 없이 그런 것을 실행해야만 하는 사람들이 있다! 그들은 사랑하는 이 아이를 위해 모든 달콤한 애정, 모든 고귀한 헌신, 모든 훌륭한 예측 가능한 계획을 준비하며, 사랑하는 병든 아이의 침대에 앉아 밤새우며 걱정하며 울고 싶어진다!

그렇게 빅토르 아들러, 이제 쉰이 된 그는 아버지처럼 이 사랑하는 병든 아이인 "인류"의 병상에 앉아, 지치지 않고 자신의 사랑을 주고 직업적 배려를 하면서, 희망하고 주저하고 탄원하면서, 걱정스레 회복의 징후를 엿보며 걱정한다!

귀여운 미성년 "인류"의 자상하고 아버지 같은 보호자들 앞에서 경건하게 여기저기 머물기로 하자, 우리의 불안하고 잔인하며 무익한 자기 보존 욕구와 함께!

마리아 엘리자베트

젊은 여인은 시인을 우상화했다. 이는 과장된 가톨릭 신비주의를 연상시켰다. 시인의 친구들은 이런 우상화에 늘 곤혹스러워했고, 자신들이 여러 가지 이유로 절대 동참하지 않을 숭배를 보고는 당황했다. 그의 친구들이 말했다. "세상에서 제일 지루한 건 사랑받는 거야. 대체 그게 왜 필요해? 그건 구식이야."

시인이 대답했다. "그렇지. 하지만 모든 것을 다 이해해 주는 자비로운 어머니에게 인정받고 그에 따라 대우받는 것처럼 절대로 지루하지 않아! 여인은 다른 사람들이 우리 내면의 존재를 향해 품는 모든 끔찍하고 악의적이고 멍청한 견해를 지우고, 우리에 대한 그녀의 고귀하고 부드러우며 신적이며 부드러운 정의로써 일시적으로 세상에서 그런 견해를 없애지. 게다가 그녀는 이를 넘어 보답이나 인정의 의미로 젊고 헌신적이며 꽃피는 육체를 우리 마음에 맡기잖아! 감정이 풍부한 정겨운 자매와 같은 사람, 어머니처럼 걱정해 주는 사람, 깊이 이해하는 사람 그리고 동시에 젊고 꽃피는 여인! 지루하기는커녕 '우리 자신'을 여러 가지 위험 속에 남기지!"

그러자 시인의 친구들은 입을 다물었다. 왜냐하면 진리에는 이교도와 위선자들의 입을 다물리는 힘이 있기 때문이다.

그리고 훗날 그는 가장 자매와 같고 가장 어머니와 같은 가장 사랑하는 애인을 잃었다. 당연히 진정한 "삶"을 누리는 남자에게. 언젠가 시인은 귀여운 아이와 같이 있는 그녀를 만났다. 점심 무렵 햇살 가득한 공원에서 그녀는 아이가 탄 유모차를 밀고 있었다.

그때 그녀가 시인에게 말했다. "당신은 한때 모든 것이었어요. 아버지였고, 남자 형제였고, 애인이었고, 동시에 아이였죠. 하지만 다른 남자들은 그것들이 나뉘어 있어요. 그 사람들은 우리 안에 있는 총체적인 감정을 그들 영혼의 힘으로 활짝 피울 수가 없어요. 그래서 우리에게 정돈된 관계와 사회적 지위, 합법적인 아이를 선사하고, 우리한테 세심함과 배려를 듬뿍 쏟아부어요. 또 온 힘을 다해 시인을 대신하려고 하지요. 우리가 최고의 행복을 위해 필요로 하는 모든 것을 시인은 그 영혼 속에 갖추었다는 것을 알거든요."

시인의 친구들은 말했다. "봐, 그녀가 자네를 내버렸잖아, 과도하게 흥분하는 자네의 여인이 말이야, 그리고 다른 남자랑 결혼했지!"

"겉보기에는 그렇겠지!" 시인이 대답했다. 그러자 친구들 사이에서 폭소가 터져 나왔다.

스페인 무희 마리아 마라빌리아에게 보내는 편지

마리아 마라빌리아,

춤추는 당신을 볼 때마다 눈물을 참을 수밖에 없습니다. 그러나 공연이 있었던 어느 저녁 제 연인이 저를 보고 말하더군요. "당신 지금 울고 있잖아요!" 저는 대답했습니다. "아니요, 우는 게 아닙니다." 그러자 그녀가 말했습니다. "아니요, 당신 지금 울고 있어요. 아무도 알아차리지 못할지라도, 당신이 우는 걸 전 알아요!"

당신의 모든 몸짓은 눈부신 젊은 기운을 뿜어내면서도 동시에 단 하루 이틀만 살기 위해 태어난 것 같은 나약함을 띱니다. 당신의 모든 몸짓은 마치 밤낮으로 신비로운 향기를 내뿜는 이국의 꽃처럼, 당신의 인품을 드러내는 단 하나뿐인 매력을 풍깁니다. 당신의 사랑스러운 두 눈은 너무도 비극적으로 보이는 나머지, 낮은 소리로 말하는 것 같습니다. "인생은 정말이지 고달프군요."

당신의 눈은 인생과 만물에 환멸을 느낀 시인의 것처럼 보입니다. 젊은 어머니가 사랑하는 어린 딸을 어루만지듯 당신을 돌봐야 합니다. 당신은 세상에서 가장 보잘것없는 것이 그리울 때 울 수 있어야 합니다! 당신은 연약하고 살아날 가망이 거의 없는 한 송이 꽃처럼 보입니다. 새 한 마리가 노래를 하려고 속삭이다가 알 수 없는 이유로 갑자기 침묵하는 것 같습니다! "밤이 되면 춤을 추고 돈을 벌어야 해요! 밤에 작고 평온한 침대에 누워 9시부터 잠을 청하는 대신 말이죠."

마리아, 당신은 희생자입니다. 무엇의 희생자냐고요?!? 모든 것의 희생자입니다! 온 우주와 그것이 품고 있는 잔인하고 치명적인 모든 것의 희생자입니다! 이 과장된 편지, 그보다 과장된 마음으로 쓰인 이 편지는 아마 당신에게 잠시 스쳐 가는 뜻밖의 미소조차도 줄 수 없을 겁니다! 그러나 아마도 다른 누군가는 마테를링크와 같은 당신의 인품에 깊이 감동하여("그러나 아마도 마테를링크와 같은 당신의 인품에 깊이 감동한 다른 누군가는." 어순이 이렇게 되는 것이 문맥에 맞지 않을까요?) 이 글을 읽으면서 불현듯 깨달을 겁니다. 그저 평범한 누군가의 이야기가 아니라, 그가 잠시나마 환심을 사려 애썼던 바로 그 "젊은 스페인 무희"라는 사실을 말입니다! 자갈이 아니라 다이아몬드라는 사실을! 희귀하고 너무나 예민한 새 한 마리를 모든 것이 갖춰진 멋진 새장 안에 넣어 보호하듯, 돈 많은 젊은 귀족들이 당신을 지켜 주었으면 좋겠습니다. 자, 보십시오, 저는 당신이 더도 덜도 말고 독일 시인의 히스테릭한 영혼을 지닌 미국인 백만장자와 함께하기만을 바랄 뿐입니다!

친애하는 나약한 여인이여, 아마도 당신은 그런 환경에서 살아갈 수 있을 겁니다! 행복이요?! 어디서도 행복할 수는 없을 겁니다! 그러나 살아가십시오! 심연으로 내달리지 마십시오! 당신을 열렬히 사모합니다!

젠틀맨
오 분짜리 장면

매력적인 하녀 나리, 절망 끔찍해요. 저는 매일 저녁 그랬듯 "젠틀맨"이 고른 먹이를 주었어요. 그런데 지금 몸을 비틀면서 괴로워해요. 그냥 쳐다보고 있을 수가 없어요. 불쌍한 마님! 저는 잘못이 없어요!

신사는 꼼짝 않고 앉아 냉담하게 담배를 피운다.

하녀 가련하고 사랑스러우며 고귀한 마님!(그러고는 말한다.) 수의사를 불러와야겠어요. 그런데 저는 잘 몰라요. 근처 어디에 수의사가 있나요?! 수의사가 있기는 한가요?!

신사는 움직이지 않고 담배를 피운다.

하녀 어떤지 가 봐야겠어요.

퇴장.

신사는 꼼짝 않고 냉담하게 담배를 피운다.

매력적인 하녀가 돌아온다.

하녀 "젠틀맨"이 죽었어요. 아, 불쌍하고 다정하고 인정 많은 우리 마님!

신사는 꼼짝 않고 앉아 담배를 피운다.

퇴장.

벨이 울린다.

부인이 극장에서 돌아온다.

부인 놀라워요! 감동했어요. 내가 알코올중독자들을 동정하다니! 그들은 매순간 이 상황을 제멋대로 만들 수 있어요. 하지만 우리는 우리 영혼의 알코올인 「라인의 황금」 공연을 기다려야만 해요.

막간. 그녀는 옷을 벗고, 하녀가 부인을 도와준다.

부인 그런데 왜 "젠틀맨"이 나한테 뛰어오지 않지? 자고 있나?!?

하녀 네, 자요.

부인 보통 내가 외출 중일 땐 안 자는데, 자다가도 내가 돌아오면 곧 잠에서 깨거든. 이상하네!

막간.

부인 당신, 왜 내가 식사하려는 방에서 태연하게 담배를 피워요?! 그런 적 없잖아요. 배려심도 없지. 뭔가 달라졌어.

신사 그래, 달라졌어! 내가 경쟁자를 물리쳤어, 적수이자 내 평화를 망치는 방해꾼을. 내가 당신을 위해 뼈 빠지게 일한 뒤에는 평화에 대한 권리를 내세울 수 있지! 이상하게 들릴지 몰라도 내게도 그런 권리가 있어. 권리가 있다고!

부인 "젠틀맨"은 어디 있어요?!?

신사 잘 고른 저녁을 먹은 뒤에 속이 안 좋았어. 경련을 일으키더니 쓰러져 죽었어, 꺼져 가는 눈으로 당신 이름을 속삭이면서!

여인은 바닥에 쓰러져 몸을 구부린다.

신사 꼭 밟힌 벌레 같군. 지금까지는 내가 그런 모습이었지. 하지만 나는 몸을 쭉 뻗고 기운을 차렸지!

막간.
그녀가 천천히 일어난다.

부인 이제 나랑 어떻게 하고 싶어요?

신사 나는 시도할 거야, 착수할 거야, 당신에게 있어 "젠틀맨"을 대신할 수 있도록!

부인 하지만 젠틀맨은 나를 언짢게 하거나 자신의 불완전한 모습을 내비친 적이 없어요! 어떤 것도 그 애의 과도한 사랑을 방해하지 않았어요. 나 역시 모든 점에서 그 애를 충족시켜 주었고요.

신사 그게 언뜻 보면 당신들의 이상적인 관계에 존재하는 범죄요. 그 녀석은 "미워하고 경멸"할 수가 없었지. 항상 모든 것에 대해 진실하고 용서를 구하는 개의 눈길을 보였어! 하지만 나는 "젠틀맨"보다 충성스럽게 당신을 대할 거야, 더 충성스럽게, 그럴 가치가 있다면 말이야! 동물에 대한 과도한 사랑은 하위에 있는 노예적인 것이야. 비겁하게 생각하는 조직들 외의 다른 조직들과 귀하고 충직한 관계를 맺을 능력이 없음을 증명하는 거지!

막간.

신사는 일어나 그녀에게 다가가 그녀의 손을 잡았다.

신사 나는 정말 괴로웠어, 아나.

그녀는 꼼짝도 안 했다.

울면서 모든 것을 보고 있던 하녀에게 신사가 말했다.

신사 내일 마리아넨가세 7번지에 사는 유명한 박제사 호데크에게로 가서 여기로 와 달라고 전하시오.

막이 내린다.

페터 알텐베르크

이제 곧 첫 호가 나올 예정인 《나흐트리히터》의 설립자인 본인은 다음과 같은 생각으로 이 잡지를 소개한다.

카바레[55], 작은 공연장, 일반적으로 극장에서 아주 큰 사건을 다룰 때 나타나는 효과를 작은 것으로써 드러내는 예술! 그것은 극소수만이 할 수 있다. 내가 볼 때는 지금까지 이베트 길베르[56], 멜라 마스[57], 최고의 공연을 하는 마리아 델바르트[58], 에곤 프리델 박사, 코클랭 애네[59], 기라르디[60], 오토 트레슬러[61], 니제[62]만이 그런 예술을 했다. 다시 말해 이들은 무에서

55 춤, 노래 등으로 정치적이거나 시사적인 풍자 등을 하는 무대 공간이나 그러한 예술.

56 Yvette Guilbert(1867?~1944). 프랑스 가수, 낭송가, 희극 배우.

57 Mela Mars(1882~1919). 오스트리아 배우, 낭송가. 카바레 예술가.

58 Marya Delvard(1874~1965). 낭송가, 샹송 가수, 배우. 독일 최초의 정치적 카바레인 엘프샤르프리히터(die Elf Scharfrichter, 1901)의 창립 멤버.

59 Coquelin Aîné(1841~1909). 프랑스 배우.

60 알렉산더 기라르디(Alexander Girardi, 1850~1918). 오스트리아의 배우이자 오페라 테너.

61 Otto Tressler 또는 Otto Treßler(1871~1965). 독일·오스트리아 배우, 연극 연출가.

62 Johanna Niese(1875~1934). 한지 니제로 알려진 오스트리아 배우.

모든 것을 만들어 낸다고 할 수 있다.

사람들은 200쪽짜리 소설을 쓸 수 있으며, 그 소설은 탁월하다. 그런데 사람들은 동일한 소설을 세 쪽으로 말할 수 있으며, 요약 역시 탁월하다. 이는 시간을 절약해 준다. 오늘날 200쪽을 읽을 시간은 없지만, 그 밖의 일에서는 유능한 이들이 많다. 이런 이들에게 사람들은 발췌한 세 쪽을 준다!

오늘날 많은 사람들은 더 이상 열 코스의 만찬을 소화하지 못한다. 이런 사람들에게 강장제와 액상 단백질을 준다. 무엇 때문에 200쪽이나 소화하기 위해 전력을 다해야 한단 말인가? 그들에게 동일한 목적을 충족시키는 세 쪽을 주면 된다! 그래서 "카바레"의 지위는 "극장"과 맞먹는다. 즉 카바레의 지위는 그래야만 한다. 그것은 "이상적인 요구들", 일종의 「야생 오리」[63]풍으로, 현재 우리들에게는 오직 멜라 마스가 충족시켜 줄 수 있는 것들이다. 마를로도 「자동차의 노래」에서 이를 함께한다. 여기서 그녀도 무에서 운명의 비극을 형성할 수 있는 "신비하고 열광적인" 힘을 보여 준다! 정의할 수 없는 어떤 것을 갖고 비극적인 어려움을 창조하는 힘! 혹은 내가 쓴 동화를 낭독할 때 나오는 힘!

따라서 카바레는 이상적으로 생각하면 작으면서도 큰 예술의 아성이다! 모든 새들이 다 수염수리나 물수리나 콘도르는 아니며, 온 천지를 바라보기 위해 맑은 창공 3660미터 높이로 날아오르지 않는다! 굴뚝새, 물총새, 뻘박새처럼 귀중하고 매력적인 작은 새들도 있다. 어쩌면 이런 새들이 거대한 새들보다 독창적이며, 기이하고 경탄할 만한지도 모른다! 작은

63 오 막으로 된 입센의 희곡 「야생 오리(Vildanden)」(1884).

예술가들의 사정도 유사하다! 그들은 입센, 게르하르트 하우프트만[64], 함순[65], 스트린드베리[66], 마테를링크처럼 지상 3.7 킬로미터로 절대 솟아오르지 못한다. 그러나 말로 형용할 수 없을 만큼 우아하게 땅 위로 재빨리 사라지며, 초원의 풀과 숲을 가르며 휙 스쳐 가고, 그들의 생동감 넘치는 삶 속 "작은 예술"을 행하면서 기뻐한다! 데틀레프 폰 릴리엔크론[67]의 "군대 음악"과 오스카 슈트라우스[68]의 음악이 함께했던 당시에는 그랬다. 그런 음악가의 멋진 윤무와 함께였던 시기에는 그랬다. 우리가 모든 "진주"를 한 시간 반짜리 오페레타에 가라앉히고는 "유능한 잠수부"로 하여금 건져 올리게 해야만 한다면?!?

"카바레"는 수많은 청중에게서 이런 수고를 덜어 준다! 카바레는 "진주"를 가져다주며 진흙과 쓸데없는 것들은 흘러가게 둘 것이다. 진주조개 채취자들이 그러듯이.

64 Gerhard Hauptmann(1862~1946). 독일의 희곡 작가.

65 Knut Hamsun(1859~1952). 노르웨이의 소설가, 극작가, 시인.

66 August Strindberg(1849~1912). 스웨덴의 극작가, 소설가.

67 Detlev von Liliencron(1844~1909). 독일의 시인, 산문 및 극작가.

68 Oscar Strauss(1870~1954). 오스트리아 오페레타 작곡가.

질책

“사랑하는 귀여운 아이야, 다 안단다, 너의 모든 간통, 네가 나에게 저지른 불충을.”

“뭐, 뭐라고요, 세상에, 당신 미쳤어요, 나를 모욕하는 거죠, 죽도록 괴롭힐 작정이세요?!”

“조용! 입 다물어! 조용히 해! 레스토랑, 카페, 해수욕장, ‘갠제호이펠’[69]에는 늘 친절한 남자들이 넘쳐. 그들은 몇 달 전부터 어슬렁거리지. ‘저 여자를 무슨 일이 있어도 차지해야 했는데! 그런데 사귈 이유가 있나?! 누가 알아, 끝이 어떨지, 차라리 시작 않는 게…….’ 이런 생각을 하면서 말이다.

그런데 너 정조의 본질이 어디에 있는 줄 아니?!?

신의 땅에 단 한 명의 남자도 없는 것, 자신의 가장 굴욕적인 허영에 빠지는 남자, 단 일 초간이라도 그런 생각을 하는 남자가 한 명도 없는 것! 이게 너희들의 유일한 정조지, 모든 다른 사람들이 희망 없이 잇달아 죽는 게!”

69 Gänsehäufel. 오스트리아 수도 빈의 알테 도나우에 있는 섬.

"오, 주님, 제 삶에 대해 그렇게 말씀하시다니요, 저는 아무것도 안 했어요, 저는 모든 위험을 피했어요."

"위험을 피했다고?!? 정말로 충실한 영혼에게 위험이 어디 있단 말이냐?! '위험'이라는 단어가 벌써 범죄다!"

그는 그녀를 때리고 따귀를 갈긴다.

"오, 주님, 저는 어쨌든 죄인이었습니다!"

흥행을 위하여 오래 단식하는 여인

베를린의 므로테크 양은 끊임없이 관찰당하면서 벌써 십육 일 동안 유리 상자 안에서 굶고 있다.

그녀의 젊고 꽃피는 삶 속에 도사린 특이하고 알려지지 않은 운명이 "내면의 하나님 말씀"처럼 그녀에게 경고했음이 분명하다. 허위에 빠진 평범한 인간을 이끄는 삶보다 영적인 것이 존재한다고 말이다!

그래서 그녀는 굶기 시작했다. 즉 그녀의 육체, 최고의 질서를 띤 이 고귀한 기계에게 육체가 절대적으로 필요로 하지 않는 것, 육체를 그저 부담스럽게 하고 "신적인 유연성"을 빼앗아 가는 것을 주지 않기로 했다! 므로테크 양은 나의 "정신적인 여형제"다. 왜냐하면 그녀는 영적으로 통찰하면서, 내가 삼십 년 전부터 인류의 구원으로서 꿈꾸어 왔던 것, 음식 섭취의 끔찍한 망상에서부터 해방을 완성했기 때문이다!!! 우리는 아주 충분히 먹을 수 있다. 그러니 체중을 늘리는 비만 요법은 악마의 요법이다! 음식물은 피할 수 없는 심오한 욕구가 되어야만 하며, 천한 기호품이 되어서는 안 된다!

그런 욕구는 일종의 "종교적 행위"가 될 것이며, "야만적인 기호품"이나 비열한 오락이 되지는 않을 것이다! 음식에 대한 불가피한 욕구가 없는 음식물 섭취, 일명 육체의 모든 세포가 마치 영양 공급을 해 달라고 우는 상황이 아닌데도 음식물을 섭취하는 것은 생리학적인 본성이 저지르는 야비한 범죄다! 절실히 목마를 때 물을 마시는 것은 얼마나 굉장한가! 그러나 꼭 그러지 않을 때 물을 마시는 것은 얼마나 불쾌한가!

모든 면에서, 모든 면에서 그러기를!

그것은 삶의 "구원론"이다. 하지만 바보들은 자신들의 구원을 위험, 가장 큰 위험 속에서 찾는다! 향락을 기다리는 것이 곧 유한하며 훌륭하고 자연에 합당하며 더 이상은 억제할 수 없는 만족으로까지 치솟는 향락의 상승이다. 아니다, 바보들은 가장 간단하고 자명한 것을 하지 못함으로써, 즉 기다리고 기다리고 또 기다릴 수 없기 때문에, 향락을 누리지 못하는 상태에서 자신들의 하루하루를 탕진한다! 아니, 기다림의 능력에서 오는 유일한 행운은 열매가 익도록 시간을 두는 모든 꽃들이 할 수 있는 것이며, 아이를 낳기 위해 아홉 달이나 시간을 두는 모든 연약한 여인들이 할 수 있는 것이며, 절대 협잡꾼이 아닌 예술가라는 모든 유기체가 자신의 일이 성숙하고 번성하도록 시간을 두는 것을 말한다. 아니, 아니다, 인간은 바로 그것을 하려 들지 않는다! 배가 고프지 않은데도 게걸스레 먹고, 목이 마르지 않은데도 퍼마시며, 사랑이 없는데도 사랑한다. 인간은 이것을 원한다! 유일한 구원 방식에는 어떤 주의도 기울이지 않는다. 빠져나올 시간이 왔다!

삼십 일 동안 애를 태우면서 즐겁게 음식물을 기다릴 수도 있다는 것을 베를린에서 므로테크 양은 사람들에게 가르치고 싶을 것이다! 그러나 그녀가 아니더라도 이미 이를 아는 사람에게만 그녀는 증명해 줄 것이다.

에스엠파우에 부인에게 바침

내 책들 여러 군데에서 당신이 정성껏 연필로 그은 밑줄을 봤을 때 정말 감동받았습니다. 마치 낯선 사람이 소리 없이 울고 있거나 거의 들리지 않는 한숨을 쉬는 것을 갑자기 알아차린 것 같았습니다.

남자와 여자 사이는 불가사의한 통일성이 지배해야만 합니다. 정말로 지배와 군림을 받아야만 합니다! 정원의 꽃밭 앞에서, 모든 소풍에서, 모든 연극 관람에서, 오래되었거나 새로 지어진 특별한 건물 앞에서, 거리의 상품 진열대 앞에서, 새의 지저귐 앞에서, 놀고 있는 아이 앞에서, 모든 성인의 비극적인 어리석음 앞에서! 누군가 은근히 흥분해서 다른 사람에게 단 한 번 다음과 같이 말할 때 이미 비극은 시작됩니다. "저게 그렇게 당신 마음에 든단 말이야?!?" 대부분 여기서 당신은 남성을 칭합니다. 왜냐하면 여성들이 훨씬 쉽게 흥분하고 잘 실망하기 때문이죠. 남성은 차라리 "지루한 운명"에 자신을 맡깁니다. 하지만 여성은 다행히 소위 "민감한 나약성"을 가졌습니다! 여성은 절대 내면 안에서 무너지지 않습니다! 그녀에게는 자신의 이상을 위한 시간이 있습니다!

교외의 집

그녀는 평화, 행복, 평온 모든 것을 가졌다. 사람들은 희생하며 그녀를 산만함, 특히 인간의 천박함에서 구해 냈다! 그러나 그녀는 추방당한 채, 유형당한 채 멀리 떨어진 교외에 산다. 그녀는 항상 "시내", 즉 "교외"라는 사막에서 구원해 줄 "오아시스"로 온다! 그러고는 지쳐서 다시 교외로 돌아간다. 그녀의 남편은 모든 방면에서 그녀의 삶을 쉽게 해 주려고 했다. 하지만 "교외의 주택"이라는 비극에 대해서는 아무것도 몰랐다. 그는 알아차리지 못했고, 그녀는 자신의 작지만 큰 상심에 대해 그가 아무것도 알아차리지 못하게 했다. "시내"는 그녀의 파리였다.

그런데 어느 날 그가 그녀에게 말했다. "아니타, 오늘 아주 부유한 소송 의뢰인과 계약했어, 앞으로 몇 년 계속될 거야, 우리 이제 '시내'로 이사할 수 있어, 벌써 발르너슈트라세에 집을 얻어 놨어."

그러자 그녀는 깜짝 놀랐고 기뻐서 울기 시작했다.

그녀의 남편이 말했다. "울지 마, 여기 있는 게 좋다면 그냥, 아니타, 내 생각에는……."

그러자 그녀가 남편에게 말했다. "멍청한 사람!" 그러고는 남편 앞에 털썩 주저앉았다.

배반하는 우리의 여인들에 대해

우리의 행운이란 우리가 행운에 대해 생각하는 것에 한정된다. 그러지 않으면 행운은 물 위의 기름 혹은 윤을 낸 책상 위의 수은처럼 우리한테서 흘러갈 뿐이기 때문이다.

행운은 우리가 생각하는 것만을 보장한다. 우리가 숭배하는 여인과의 관계에서 음험한 친구 녀석이 행복을 얻을지도 모른다는 환상은 우리를 병들게 하고 자살하게 만든다. 그런 일이 일어날 수 있다는 생각을 더 이상 하지 않을 때, 우리는 아마 가장 경멸적인 미소를 지을 것이다! 그 친구가 그녀에게 있어 우리의 심장, 영원히 근심하는 가장 연약한 우리의 심장을 대신할 수 있을까?! 그 친구가 순간의 열광으로 우리의 영원한 감정을 보충할 수 있을까?! 그래, 그녀가 순간적으로 잘못 생각할 수는 있다. 괜찮은 거래를 했다고, 그녀의 영향력이 미치는 짧은 순간을 능숙하게 이용했다고. 하지만 좀 생각해 보자, 이런 식으로 그녀가 성공했다고 볼 수 있을까?! 그리고 그녀가 열광을 잠재울 때까지 우리는 조용히 기다릴 수 있다. 우리는 깊이 생각해야만 한다, 모든 것에 대해 그리고 각각에 대해 깊이 생각해야만 한다. 안개가 끼고 앞을 내다볼 수 없는 존재 안에서 확신을 얻기 위해서는! 그 어떤 일에 대해 깊이 생각하지 않는 즉시, 우리는 곧바로 기력 없이 삶을 마주하는 동물과 같은 상황에 도달한다.

하찮은 계기만 있어도 사랑하는 여인에게 몹시 부당한 일을 행하는 것, 이것은 이전에 그녀 신경 체계의 모든 관계와 근원에 대해 깊이 생각한 덕에 발생한 멋진 결과다! 그녀에게 제때에 부당한 일을 행하는 것이 낫다, 더 이상 부당한 일을 행할 수 없을 만큼 늦기보다는! 싹을 밟아라! 깊이 생각하는 사람은 초반에 걱정하며 자신을 지킨다! 깊이 생각하지 않는 사람은 결말이 일찍 묻어 버릴 것이다! 눈사태에 묻힐 것이다! 안타깝구나, 깊이 생각하지 않고 미리 생각할 수 없는 사람들이여! 위험하지 않은 작은 돌이 굴러 오는 것을 봤겠지만, 그것은 눈사태였고, 당신들을 으깨어 버렸다! 안타깝구나, 깊이 그리고 미리 생각하지 않는 사람들이여! 거침없이 행하라, 미리 서두른 그때가 최적의 시기다!

봄철의 바덴바이빈[70]

사방이 상수리나무꽃으로 뒤덮였다. 검붉은색, 흰색, 분홍색의 상수리나무꽃이 온 천지에 가득하다. "빈방 있음" 쪽지가 널려 있다. 사람들은 성수기 내내 건강과 평화를 제공한다. 하지만 진정한 건강과 평화는 상수리나무꽃이 넘쳐 나는 조용한 정원 속에 있는 집주인들만이 누린다. 그 정원의 이른 봄, 봄 그리고 늦가을에 그들은 여름일 때보다 훨씬 건강하다. 그들에게 돈을 지불하며 방해하는 세입자들이 즐기는 여름보다도! 집주인들은 계절이 좋아지고 좋아지는 것을 보며, 계절이 끝을 향해 흘러가고 흘러가는 것을 본다! 그러나 여름만을 즐기는 사람들은 아무 환상 없이 존재를 즐기며, 여름 동안 세를 얻어 돈을 주고 건강과 평화를 취하려 한다! 하지만 집주인들은 상수리나무꽃의 충만한 장관을 본다. 그들에게는 좋아하는 나무, 유난히 눈길이 가는 나무가 있다. 거기 그 길, 그

70 Baden bei Wien 혹은 Baden(바덴). 오스트리아 빈에서 남쪽으로 26킬로미터 떨어진 도시.

길에 아주 멋진 상수리나무가 꽃을 피운다. 그 나무의 꽃들이 지평선을 이루며, 빽빽한 나뭇잎으로부터 벗어나려 한다. 세입자들이 올 때면 꽃들은 이미 다 시든다. 그들은 그저 먼지투성이가 된 시든 꽃잎을 볼 수 있을 뿐이다. 그러나 집주인들은 지금 정원의 탁자에 앉아 봄 공기를 들이마신다. 여기저기 누군가 와서 여름 동안 방을 빌릴 수 있는지 물어본다. 방이 조용한지도 물어본다. 그러면 당연히 그렇다는 대답이 온다. 하지만 그 말에 책임질 수 있을까?! 지금, 지금 그 방은 조용하고 무성한 상수리나무꽃으로 가려져 있다! 봄 휴가와 늦가을 휴가, 그것은 천국과 같다! 하지만 여름휴가는 숨이 막힐 것 같다! 모든 것을 바짝 말리는 뙤약볕 속에서 자연의 장관에 빠져드는 것 같다. 서늘한 방들이 아직 "빈방 있음" 푯말을 단 동안에는 서늘한 평화의 입김이 모든 경치를 스치고 지나간다!

맥락들

대다수 엄마들은 어린 딸에게 이런 충고를 한다. "그 사내의 관심을 끌어라."

하지만 이렇게 충고해야 하리라. "그에게서 멸시를 받아라."

남자한테 멸시받지 못하고, 히스테리적이고 반쯤 미친 사람으로 오해받지 못하는 여인은 안타깝다!

남자에게 이해받는 여인은 안타깝다! 모든 관계에서 쉽게 이해되는 여인은 안타깝다! 그녀의 수수께끼 같은 모습에 그녀의 개성이 들어 있는데! 여인을 이해한다는 것은 그녀를 매도하고 있다는 것이다! 이런 점에서 여인은 천재와 공통점이 있다! 따라서 여인과 천재 둘 다 교제하기 어렵다!!! 소수만이 이들을 "규명"하려 노력한다! 대다수는 이들을 이들 자신의 "표면"으로 끌어올린다! 따라서 여인들과 천재들은 생각한다. '나는 깊은데, 왜 남들이 나를 얕보게 내버려 둬야 해!?' 시금치는 생각한다. '나는 일종의 살아 있는 세포가 놀랍게 배치된 걸까, 신비한 삶과 존재로 이뤄진 어떤 불가사의일까!'

하지만 요리사는 시금치가 무슨 생각을 하건 상관 않고 그것으로 죽을 만들고, 인간은 그것을 먹는다, 아무런 환상 없이! 이렇게 사람들은 여인과 천재를 대한다. 적당한 작업을 거쳐 그들을 공익을 위한 대상으로 만들어 낸다. 그들을 푹 삶아 다른 것으로 가공하여 소화되기 쉽고 먹을 만하게 뛰어난 모양으로 만들어 제공한다. 따라서 푹 삶아 다른 것으로 가공된 시인은 푹 삶아 다른 것으로 가공된 여인에게 자주 말한다. "봐요, 나는 당신을 이해하고 당신은 나를 이해하잖아요! 그러니 우리 편안히 맛있게 먹어요!" 그러면 그녀는 피곤한 눈을 감고 스스로를 맛있게 먹히게 내버려 둔다, 소화되기 쉽고 먹을 만하게 뛰어난 모양으로 가공된 채! 게걸스럽게 먹고 소화시키는 자들이여, 저주받으라!

산책용 지팡이

내가 매력적인 산책용 지팡이에 유난히 열광한다는 것을 인정한다. 곧 발병할 광기의 시작일지도 모르겠다! 아름다운 산책용 지팡이에 삶의 온 기쁨을 거니 말이다. 숲, 호수, 봄과 겨울, 여인, 예술은 침몰하고, 네게는 오직 삶의 충만, 아름다운 산책용 지팡이만 남았다! 지팡이를 특별히 사랑하는 이 비열한 발전이 나한테 일어나도 두려워하지는 않지만, 그럼에도 뭔가를 특별히 좋아하는 감정은 유감스럽지만 우리의 신경 체계에서 "고정 관념"으로 성장하고 조직될 수 있다. 그런데 나는 빈의 상점들 안에 있는 모든 산책용 지팡이를 알고, 어느 곳에나 특히 좋아하는 지팡이들이 있지만, 이상하게도 그것들은 좀처럼 팔리지 않았다. 페터 알텐베르크 씨, 선생님의 괴팍한 취미가 놀랍지 않나요?! 언젠가 어떤 젊은 숙녀가 내가 정말 갖고 싶었던, 이 년 동안이나 진열되었던 지팡이를 선물했다. 연회색의 염소 뿔과 사탕수수대로 만들어진 것이었다. 영국식 지팡이를 본따 아주 잘 만든 빈의 상품으로 단돈 11크로네였다. 지팡이를 선물해 준 그 젊은 여인은 우선 얇은 노루 가죽에 갈색 비단을 섞어 손잡이를 만들어 주었다.

하지만 카페와 레스토랑에서 만난 모든 사람들이 말했다. "남성용 지팡이에 뭔 짓을 한 거요?! 나쁜 날씨에 지팡이가 감기라도 걸린 거요?!?"

누구는 말했다. "페터 알텐베르크, 선생은 정말 충분히 눈에 확 띄어요. 자신을 우습게 만드는 엄청난 노력은 그만두세요. 가만히 있어도 저절로 눈에 띄니까요."

내 산책용 지팡이는 가끔 부딪혀 쓰러지기도 한다. 한번은 어떤 신사가 내게 말했다. "그렇게 질책하는 눈으로 보지 마세요, 일부러 그랬겠습니까?!?"

나는 대답했다. "아뇨, 그렇게 생각하지 않습니다. 제 불쌍한 지팡이를 일부러 쓰러뜨릴 이유가 어디 있으시겠어요?!"

"저 그러니까, 보세요, 조금만 진정하시죠." 신사는 이렇게 말하고 나를 용서해 주었다.

이런 불쾌한 사건들의 결과로 나는 매주 내 사랑하는 지팡이를 그것을 산 작은 상점으로 가져가서, 연마제나 기타 등등으로 상처 난 곳을 없애 달라고 부탁했다. 판매자는 늘 친절하게 말했다. "이틀에서 사흘 걸립니다! 수리비는 받지 않겠습니다!" 점차 나는 그가 나를 "지팡이 바보"[71]로 여기고 지팡이를 공장에 수리 보낼 생각조차 않는다는 것을 알아차렸다. 그는 항상 말했다. "지팡이가 막 '공장'에서 왔습니다! 마치 알고 계셨던 것 같네요!" 나는 한번은 긁힌 자국을 알아봤다.

"여기 작은 흠집은 여전하네요!" 나는 조심스레 말했다.

71 Stock에는 지팡이라는 뜻도 있지만 "완전한, 철두철미한"이라는 뜻도 있다. 따라서 Stock Narr는 "완전한 바보"라는 의미도 된다.

"네, 그건 염소 뿔의 세포 조직 구조가 원래 이렇기 때문입니다. 이건 우리 공장에서도 없앨 수가 없습니다."

나는 생각했다. 자네들이 진지하게 줄질하고 깎고 윤을 냈다면, 내 멋진 염소 뿔 손잡이가 지금 남아나질 않았을 거야. 그러니 자네들의 사려 깊은 지혜가 얼마나 고마운지. 자네들은 생각하겠지. '그 사람은 지팡이 바보야! 보살펴 줘야 해!'

곤란한 심정

나는 안다, 내 친구들 모두가 내가 사랑하는 여인의 주변을 맴돈다는 사실을, 마치 늑대들이 이미 그들 수중에 확실히 넘어온 인간 아이를 에워싸고 돌듯. 그래, 좋다, 자, 우리 무익하지만 그녀를 두고 어디 한번 끝까지 열정적으로 싸워 보자. 하지만 나는 다음과 같은 실험으로써 배반자 중에서 내가 원하는 상태에 도달하는 사람들은 눈여겨볼 것이다. 어느 날 나는 남자에게 말할 것이다. "이봐, 싸우는 데 지친 나머지 불쌍한 내 신경이 다 무너진 것 같아. 내가 감당했던 것들이 깊이 숨어 버린 것 같아. 그녀한테도 자네한테도 관심이 없어. 이제 그녀를 자네한테 넘길게, 그녀를 행복하게 해 줘!"

그런데 나는 이 말을 들은 사람이 오랜 질병과 걱정에서 해방된 듯 얼굴이 장밋빛으로 발그레해지지 않을 것을 알며, 깊이 감동해서 내 목을 얼싸안지도 않을 것을 안다. 대신 그는 아픈 사람처럼 얼굴이 하얗게 질려서 내 앞에 서서는 비겁한 말을 더듬거릴 테고, 동시에 그의 내면에서 모든 것이 서서히 말라 죽어 갈 것이다! 오, 방종하고 유치하며 변덕스러운 여인이여, 이제 "네 삶의 짐"을 그 자신의 비겁한 어깨에 짊어져야만 하고, 이제 마치 뭔가 끔찍한 것 앞에서 물러나듯이 그것으로부터 움찔움찔 물러날 그 사람을 만일 네가 본다면, 너는 아마 나와 똑같이 그를 증오하는 법을 배울 것이다! 그러나 나는 그 짐과 또 다른 짐들, 네가 여전히 내게 변덕스럽고 유치하게 부과하는 그런 짐들을 짊어질 것이다. 하지만 내가 희생하는 마음으로 세상에서 가장 비싼 재산을 넘겨줄 때, 감동해서 내 목을 얼싸안을 그런 기사와 같은 친구가 있다면 나는 그에게 굴복할 것이다!

하하하, 그렇지만 그들 모두는 아주 재빨리 도망칠 것이다! 내 비둘기여, 아무도 너를 위해 일평생 피를 흘리며 죽으려 하지 않을 거야! 봐, 그때 나는 늘 하던 의무를 이행한 뒤에 너를 위해 아주 신중하게 차려 놓은 식탁 앞에 앉을 테고, 너는 방구석에서 입이 뽀로통해져서 흐느낄 테지. 하지만 나는 정말 맛있게 식사를 할 거야, 내게는 그럴 자격이 있거든!

시작

어릴 적 나는 삶의 부당함을 미리 맛보았다. 그것은 이랬다. 나는 정말로 겁 많은 아이였는데, 거의 병적이라 할 정도였다. 매주 토요일, 저녁에 프랑스인 보모가 밖에서 몇 시간씩 자신의 트렁크를 정리할 때면, 나는 내 쓸쓸한 방 침대에 죽을 만큼 겁에 질린 채 창백하니 질려 있었다. 어린이 방은 "그곳"에서 방 네댓 개를 지나야 했다. 저녁이면 깜깜하고 커다란 이 방들을 지나 불이 켜진 "작은 곳"으로 와야 했다. 어느 날 저녁, 존경하는 아름다운 우리 엄마가 다시 나를 그곳으로 보냈다. 나는 겁에 질려 그곳으로 달려갔다가, 겁에 질려 다시 돌아왔다. 지쳐서 어린이 방 문 앞에 도착해서 구조되었다고 생각하는 순간, 곰곰이 생각했다. 모든 게 그렇게 빨리 일어날 수도 있다는 것을 아무도 믿어 주지 않을 거라고 말이다. 그래서 나는 영리하고 끈덕지게 한참 동안을 문 앞에 서 있었다. 그러자 엄마가 문을 열고는 나처럼 쪼그리고 앉아서 나를 쳐다보았다. "아, 그럼 계속 여기 서 있던 거니, 어두운 방을 지나가는 게 무서워서!? 자, 나아가, 제발 부탁이에요, 무슈!"

확언도 눈물도 도움이 되지 못했다. 나는 이번에는 정말 아무 목적도 없이 다시 한 번 고난의 길을 경험해야만 했다.

절정

모든 인간은 언젠가 한번은 모든 신체 조직의 절정을 경험한다. 많은 사람들은 등산을 할 때, 고원 방목지에서 잠시 쉴 때 혹은 알프스 산지의 낙농가 오두막 혹은 정상에서 그런 경험을 한다. 그곳에서 평화가 그들에게 몰려오며, 대지의 아름다움이 그들로 하여금 세상을 등진 듯한 느낌을 주며 선량하고 평화롭고 감동적인 마음이 들게 한다! 철도 여행을 할 때도 그렇다. 사람들은 기차를 타고, 향기가 풍기며 바람이 불어오는 들판을 질주한다. 작은 숲, 삭막한 평야 위로 떠오르는 미지의 장소들, 테니스장과 고급 주택들이 있는 멋진 정원들을 지나간다. 회색의 괴물처럼 보이는 석유 연료로 가는 기차 차량들, 수백만 명을 태우고 세계를 미친 듯이 질주해 가는 갈색 바탕에 황금빛 글자가 쓰인 기차들이 자신을 죽음에 내맡긴 토끼들이 있는 초원을 지나고, 반짝이는 웅덩이를 지나, 경고문을 무시하고 수영하는 벌거벗은 소년들을 지나간다. 혹은 「라인의 황금」, 「카르멘」, 「신들의 황혼」 같은 오페라를 관람할 때 절정이 느껴지기도 한다! 어디 어느 곳에나 절정은 있어서, 일상의 인간은 그런 절정에서 갑자기 날개를 펼치고는 "자기 자신"을 뛰어 넘어 날아다니며, 자기 고유의 순수한 분위기로 날아 들어간다! 그는 드디어 자긴 자신이 된다! 나는 아주 불쾌한 변호사를 알고 있었다. 어느 날 그는 말 한 필이 끄는 마차의 말을 쳐다보았다. 마부가 말의 한쪽 귀 뒤에 라일락꽃이 피어 있는 초록색 가지를 엉성하니 고정해 놓아서, 말은 이 귀찮은 물건을 없애려 끊임없이 애를 썼다. 그러자 변호사가 가더니 가지를 빼 버리고는 마부에게 5크로네를 주었다. 마부가 말했다. "저는 그냥 이 녀석을 치장해 주려 했을 뿐이에요." 변호사는 자신의 사무실로 가서는 중요하고 힘든 꽤 많은 사건을 처리했다. 그러나 이런 사건이 그의 "절정"을 대변하는 것은 아니다.

불신

우수하지만 아직 인정받지 못한 마술사 프란치스쿠스 헤스는 작은 술집에서 칼 삼키기 기술을 선보여 사람들을 놀랬다.

그때 어떤 상사가 앞으로 나오더니 자기 칼을 마술사에게 건네주었다. 프란치스쿠스 헤스는 그 칼을 입에 집어넣고는 목이 잘렸다. 그는 죽어 넘어졌다. 상사는 당당하게 집으로 돌아갔다.

사소한 것들

나는 벌써 오래전부터 아주 사소한 세부 사항으로만 인간을 평가한다. 유감스럽게도 인간 삶에서 한 인간의 "비밀을 완전히 폭로하는 큰 사건"을 기대할 수는 없다. 나는 이런 "비밀 폭로"를 가장 하찮은 사건에서 이미 읽어 낼 수 있다! 예를 들면 남성 혹은 여성이 찾는 지팡이 손잡이나 우산 손잡이에서. 넥타이, 옷감, 모자, 그 혹은 그녀의 개에게서, 눈에 띄지 않는 수많은 사소한 것에서, 아래쪽 아니 실제로는 위쪽 커프스단추에 이르기까지 많은 것들에서! 왜냐하면 이 모든 것은 인간에 대한 수필로, 인간이 이 모든 것을 선택했고, 이 모든 것을 기꺼이 착용한다! 인간의 에세이는 우리에게 인간의 본모습을 폭로한다! "그는 좋은 책을 쓰고 있지만, 투박하게 상감된 인공 커프스단추를 달고 있어!" 이렇게 모든 것이 말해진다. 거기 어딘가 "영혼의 나라"에는 수상쩍은 것이 있다! 사랑한 여인이 우리를 속이는 것은 중요하지 않다! 왜냐하면 그러면 운명이 그녀를 깊은 절망에 빠뜨림으로써 반드시 그리고 가차 없이 벌주기 때문이다! 그러나 그녀가 맨 처음 던진

요염하며 불을 지피는 눈길, 그것이 가장 중요하다! 나는 나를 속인 사람과는 지치도록 경쟁할 수 있으나, 멀리서 갈망하는 눈길로 훑어보는 사람과는 그럴 수가 없다! 사소한 것들이 사람을 죽인다! 성취는 늘 극복할 수 있어도, 기대를 극복할 수는 없다! 따라서 나는 삶에서의 가장 사소한 것, 즉 넥타이, 우산 손잡이, 지팡이 손잡이, 여러 격언, 눈에 띄지 않는 값비싼 것들, 우리의 식탁 아래로 굴러떨어져 누구에게도 발견되지 않는 영혼의 진주들을 지키겠다! 삶에서 중요한 것들에는 아무 의미가 없다! 그것들은 존재에 대해 우리가 이미 아는 그 이상의 것을 말하거나 알려 주지 않는다! 왜냐하면 큰 위기 속에서 모든 것은 사실 똑같이 작용하기 때문이다! 하지만 디테일 속에는 오직 중요한 구별들만 존재한다! 예를 들어 우리는 가장 사랑하는 사람의 생일날 어떤 꽃을 선물하는가! 혹은 수많은 벨트 장식들 중에서 그녀를 위해 어떤 것을 선택하는가! 어떤 프랑스산 배를, 어떤 미국산 자몽을 그녀에게 주려고 집에 가져오는가, 수많은 종류 중에서 어떤 갈색 반점의 캐나다산 사과를 그녀를 위해 고르는가. 이런 것들이 일명 사랑의 망아적인 방탕한 축제보다 훨씬 많은 관계를 증명하지 않는가! 미적 감각, 이해, 사랑은 결국 하나의 삼각 동맹을 맺는다. 우리는 "사소한 것들"로부터 일상 존재의 심포니를 울릴 수 있다! 커다란 사건을 기다리면서가 아니다! 가장 사소한 것들이 큰 사건이다! 덫에 갇힌 쥐의 찍찍거림은 끔찍한 비극이다! 언젠가 누군가 내게 말했다. "가장 끔찍한 건 여우굴에 끌려 들어온 어린 토끼야. 새끼 여우들이 그 날카로운 이빨로 천천히 밤낮이고 토끼를 산 채로 물어뜯지! 그게 존재의 비극이야!"

삶의 사소한 것들은 우리의 "큰 사건"을 대신한다. 그것이 사소한 것의 가치다. 만일 우리가 그 가치를 이해한다면!

숙녀를 위한 라이트모티프[72]

너 자신 그대로이기를!
더 많지도, 더 적지도 않게!
바로 그대로!
이런저런 모든 점에서.
너 자신에서 벗어나려고 하는가?!
쓸데없어!
네 안에 존재하는 네 하나님이 이를 허락하지 않을 것이며
네 안에 존재하는 사탄 또한 제 전리품을 사수할 것이다!
차라리 너의 별을 따르라,
어쩌면 이미 너의 조상들 사이에서 온화하거나 불행하게 반짝였을 그 별을.
그 별을 따르면서 네가 파멸할 리 없으며,
적어도 너의 것인 그 별 안에서 산산이 부서지리라!

72 오페라나 교향시 등에서 특정한 등장인물, 상황, 분위기 등에 고정 귀속되어 반복되는 특징적 모티브.

질책

그때까지 나는 얌전히 살았고 누구도 나를 가르치지 않았다!

아무도 내게 있는 고유한 싹이 크게 자라게 놔두지 않았다!

아니타는 절대 아니타가 되지 않았다.

사람들은 예전의 나처럼 나를 평가했다, 그저 고귀한 출발의 시작으로 받아들이는 대신에!

동시에 사람들은 내 앞에 무릎을 꿇고 내게 경의를 표했다!

나는 기꺼이 고귀한 스승에게 간구했을 것이다, 이곳저곳에서 질책하며 슬픈 눈으로 나를 바라봐 주었을지도 모르는 그런 스승에게.

그는 분명 반복해서 말했을 것이다, 소리 없는 눈길로 바라보면서. '너는 내게 그렇게 할 수 있었어!'

하나 아무도 애쓰지 않았다. 사람들은 내게 경의를 표했다.

무릎을 꿇는 것이 몸을 꼿꼿이 세우고 걷는 것보다 쉽다! 그리고 머리를 곧바로 세우는 것보다 우리 쪽으로 돌리는 것이 쉽다!

나는 “자립적인 사람들”을 찾았으나 “비자립적인 사람들”이 발견되었다!

나한테, 비틀거리는 이 삶의 벽에, 사람들은 의지했고, 그러고 나서 공동의 허영심은 모든 것을 묻어 버렸다!

가련한 아니타.

고백

누군가 내게 말했다. "당신이 계획했던 훌륭한 일들 중 많은 것들은 유감스럽게도 실제로 '형상화'되지 못했어요!"

"네, 그것들 속에 숨어 있는 중요성이 '예술적 놀이'를 형상화하지 못하게 나를 방해하네요!"

특별하고 냉정하며 인간을 멀리하는 냉혹함은 예술가 기질에 속한다. 그러나 도와주고 진정하고 치료해 주고 싶은 그곳에서 사람들은 "엄격한 의사"이자 "철학자"가 된다. 그때는 이 어린아이 장난인 "예술", 던지고 받는 이 공놀이가 끝난다. 그러나 인류를 위한 마음이 없는 인간들은 이 놀이를 좋아하지 않는다. 그들에게는 온 인류가 자신들 재능의 놀이터다! 그들에게 예술은 제 엄청난 식욕을 위한 음식물이다! 따라서 그들은 아무것도 주지 않고 받기만 한다! "예술가적"이라는 단어는 혈기 없고 빛바랜 병든 심장들에서 나온 것으로, 이런 심장들한테는 비참한 이웃이 별 상관없으며, 증오스럽고 경멸스럽다! 하지만 예술이란 그저 궁핍하게 살며 거짓에 빠진 인류를 구원하고 수많은 질병과 오류에서 구해 줄 많은 수단

중 하나다! 내가 존재한 이후부터 지금까지 그런 순간이면 나는 톨스토이 추종자가 된다! 나는 가혹하고 파렴치한 심장들에게, 자신들의 재능을 오직 그 어떤 "영적인 치유"를 위해 사용하지 않는 그런 심장들에게 "파문의 저주"를 내릴 것이다! 그런데 그들에게 그런 일이 일어난다. 창백하고 뻣뻣하게, 파문되어 어기적거리고 절뚝거리며 사라진다! 내가 "주는 것"은 내게 큰 도움이 되며, 내가 "받는 것"은 나를 가난하게 만든다! 남자들이 사랑하는 여인들이 먹는 것을 쳐다보면서 그것만으로 배불러하는 것을 나는 보았다! 주는 사람들은 이론적으로는 절대 동맥 경화로 죽지 않는다! 그들 안의 그 어떤 내면의 불이, 신적인 열정이 모든 유해하고 쓸모없는 것을 써 버리고 연소하면서 생기기 시작한 찌꺼기로부터 몸을 정화한다. 이때 기이한 것은, "여인과 아이"같이 가까운 영역에서는 "완전한 타인"에게보다 헌신의 효력이 덜 나타난다는 점이다. 여인과 아이 혹은 연인 혹은 충실한 개는 자아의 영역에 속하는 반면 낯선 거지, 떠돌이 개, 학대받은 말, 모르는 배고픈 아이, 모르는 버림받은 여인은 헌신의 성스러운 영역에 속한다! 여기서 비로소 대기 중에 떠도는 전염성 독을 태우고 말살하는 "신적인 열정"이 시작된다! 나는 믿지 않는 자들을 비웃고 비웃는다! 왜냐하면 나는 그들이 미래에 겪을 고문의 고통을 미리 기뻐하기 때문이다!

제후

그는 2500만 크로네를 소유하고 있지만 완고한 염세가였다. 『천일 야화』 에피소드 중 현실이 된 동화에서처럼, 아무 걱정 없는 화려함 속에서, 망아적인 방탕한 축제의 기적 속에서, 과잉의 천국 속에서 살았다! 그는 자기 주변에 있는 10억 명 사람들, 매월 첫날 이자를 마련할 수 없었던 사람들, 자신들의 자녀는 창백하고 분노에 차서 빵 껍질을 바라보았던 사람들에 대해서는 전혀 생각하지 않았다.

그런데 어느 날 자기 관리 중 한 사람이 멋진 아가씨 때문에 왕실 금고에서 3만 크로네를 횡령했다는 것을 들었다.

제후는 비열하고 교활하게 며칠 내 회계 결산을 위해 방문하겠다고 그 관리에게 통보했다.

불행한 공무원은 부족한 금액을 채우기 위해, 자살하겠다고 위협함으로써 너그러운 친구한테서 3만 크로네를 빌렸다. 결산이 끝나면 모든 것을 다시 돌려주겠다고 했다.

2500만 크로네를 소유한 제후는 이를 미리 계산했다.

제후가 나타났다. 그는 말했다. "그러니까 이 3만 크로네는 내 재산이죠, 베 씨?"

"그렇습니다, 전하, 물론입니다!"

"그럼 지금 가져가겠소!"

그렇게 제후는 자신의 돈을 찾았고, 젊은 관리는 권총으로 자살했다.

우정

너 우정이 뭔지 알아?!?

엄숙한 것도 다정한 것도 낭만적인 것도 아냐.

그건 말이지, 꼭 필요하지 않으면 당사자에게 아무 해도 주지 않는 것, 그리고 아무 희생 없이 쉽게 할 수 있다면 당사자에게 유익한 것! 진정한 우정은 그렇게 쉽고 단순한 거야!

"내적인 일체감"이지. 아무 조건 없는 충성이야!

사람들은 누군가에게 말해. "그 생선 먹지 마, 아주 싱싱하지는 않는 것 같아."

그리고 위험한데도 다른 사람은 그냥 먹게 내버려 두지!

"이 일 하지 마! 이 여자는 사귀지 마!"

그러나 다른 사람은 그 운명에 맡겨 두지!

나는 이런 친구가 많아. 하지만 내 형제만은 정말 나한테 아무것도 하지 않을 거야.

그가 가져오는 것은 희생이 아니야, 그는 자신을 위해 그 일을 해!

그가 내 마음을 아프게 하면, 그 역시 앓게 되지! 그런 식이라면 언젠가는 여인의 심장이 되고 말 거야!

나 자신은 이 사람 저 사람이 도박에서 행운이 있기를 바라. 카드이건 경마이건 도미노건 상관없어.

그러나 나는 다른 사람에 대해서도 들었어. 나는 그가 가치가 없고, 마음 대신에 도박과 사랑에서 이기겠다는 알맹이 없는 호두를 품었기 때문에 아무것도 도와주지 않아. 나는 그를 강탈하고 목 졸라 죽일 수도 있을 거야!

우정은 다정한 말도, 엄숙한 말도, 낭만적인 말도 아니지.

우정은 이런 뜻이야. "나는 너의 행운을 함께하며 너랑 같이 갈게, 네가 그런 행운을 얻도록 도와줄게, 다른 모든 사람한테는 아무 도움도 주지 않을 거야!"

죽은 자의 섬

수없는 표류로 심장이 죽어 가는 고난을 겪은 뒤에 나는 한 곳에 도착했다. 금으로 된 심장, 철의 성품.

남편과 귀여운 아이들을 둔 그녀는 집 안에 있기를 정말 좋아했다. 그녀의 집에 있는 나무, 놋쇠, 도자기, 유리 그릇, 동·은 제품, 양탄자, 일본 돗자리들은 그녀의 "동화적 세계"였다. 그녀는 모든 것을 돌보고 가꿨다.

그리고 집에는 작은 개도 있었다. 수차례 상을 탄 폭스테리어로, 그녀는 이 개를 잘 이해했고, 개는 그녀를 사랑했다. 그녀가 쳐다보기만 해도 개는 알아차렸다!

그곳에서 나는 나의 어리석은 표류를 끝내고 쉬었고, 가족, 교회, 평화가 한곳에서 함께 살았다!

그곳에서 어느 날 그녀가 극장에서 돌아왔는데, 소박한 갈색 비단옷을 입고 있었다.

하지만 목 부분은 쇄골과 가슴골이 시작되는 곳까지 파여 있었다.

평화는 깨졌다.

나는 동화같이 멋진 모습을 쳐다보았다. 이전에 그 어떤 곳에서도 그렇게 완벽한 모습을 본 적 없는 멋진 모습을.

내 가련한 눈은 다시 평화를 잃었고, 이 선의 아름다움을 내면에, 내면 깊숙이에 받아들였다.

평화는 깨졌다.

나는 갔다, 그리고 다시는 이 집으로, 가족, 교회, 평화가 함께한 이곳으로 돌아오지 않았다.

로마에서 영국 무용수가 페터에게 보낸 편지

우리는 오늘 처음 이곳 성 베드로 성당에 왔어요. 페터 씨, 우리가 빈을 떠날 당시, 당신이 아주 건강하지는 않았다는 걸 알아요. 당신이 성 베드로 성당을 본다면 아주 건강해질 거라고 생각해요! 이곳은 모든 걸 다 잊게 해요. 더 이상 사랑도 고통도 없어요. 사람이 완전히 달라져요. 이전에 비해 훨씬 하나님께 가까워져요! 인간 세상의 모든 멍청하고 무의미한 것을 벗어나 멀리 날아가고 싶어져요! 당신은 성 베드로 성당에서 건강을 찾을 수 있을 거예요.

저녁에는 오락 극장에서 춤을 춰야만 했어요. 하지만 이번에는 다리가 납처럼 무거웠어요.

릴리 로메인으로부터

자동차 드라이브

그녀는 모든 것을 가졌지만, 사실 아무것도 갖지 못했다.

그녀는 놀랄 만큼 아름다웠고, 초원과 숲에서 성장했지만, 도시의 백만장자 소유가 되었다!

단테 알리기에리[73]는 아마 그녀를 손에 넣으려고 칠 년 동안 애태웠을 것이며, 아마 그녀의 사랑스러움에서 우울하고 피곤한 노래들을 지었을 것이다.

그러나 그녀는 대다수 여인들처럼 잘못된 조언을 받았다.

또한 그녀는 아나 양이 자신을 부러워하기를 바랐고, 또베 아주머니가 자신을 축복해 주기를 간절히 바랐다.

그래서 그녀는 자기 삶의 행복을 희생했다.

아무도 그녀를 돕지 않았기에 향락의 구렁텅이로 빠졌다.

하나님은 진지하고 온화한 눈으로 아래를 내려다보셨고, 천사들은 그분 주변에 둘러서서 몹시 울었다.

73 Dante Alighieri(1265~1321). 철학자이자 시인으로 중세의 문학, 철학, 신학, 수사학 등을 종합한 걸작 『신곡』을 내놓음으로써 르네상스 문학의 지평을 열었다.

그때 그녀는 저녁 안개가 피어오르는 초원에서 시속 90킬로미터로 미친 듯이 차를 달리다가, 오래된 나무에 부딪히며 내동댕이쳐져 죽었다.

죽기 전에 그녀는 주변을 돌아보았고 초원과 멀리 숲으로 가득한 녹회색의 젖은 풍경을 보았다. 자신을 에워싼 사람들을 더 이상 알아보지 못했다. 신사들이 시신을 싣고 천천히 도시로 차를 몰았다. 이제, 이제 그들은 시속 120킬로미터로 달릴 수도 있을 것이다. 아름다운 여인을 위해 조심해야 할 것이 더 이상 없기 때문이다. 그러나 그들은 걸음에 가까운 속도로 차를 몰았다.

성령 강림제

봄에 사람들은 한층 나은 사람이 되려는 시도를 한다. 오랫동안 자신이 죄인이었다고 느낀다. 또한 자연과 자연이 구원하는 혈기 뒤에 머물려 하지도 않는다! 겨울의 황량한 육체에 새로운 힘의 씨앗을 뿌리려 한다. 물 치료법과 먼 길을 걷는 산책을 시작한다. 만개하는 꽃, 먼 평야의 경치, 집에 딸린 작은 정원, 숲속에 난 길들에 대해 말한다. 사람들은 더 선량해질 것이라 믿고, 그렇게 될 것이라 자신을 설득한다. 자신의 엄격함은 잃고, 하나님과 자연에 한 걸음 가까워졌다고 믿는다! 시냇가에 난 노란 꽃들을 보며 화를 풀고, 시냇물의 졸졸거리는 소리는 우리를 운명에 내맡기게 만든다! 우리의 연인은 우리에게 더 이상 고통을 줄 수 없다. 우리는 이 산뜻한 봄날에 그녀를 아주 잘 이해하려고 노력하기 때문이다. 우리 아이들은 더 이상 우리를 실망시키지 않는다. 왜냐하면 보라, 그들 역시도 봄날처럼 그들 자신의 활짝 핀 세상으로 들어가기 때문이다. 우리는 새싹의 불꽃 앞에서 증기를 뿜는 땅을 느끼며, 우리 자신의 겨울을 느낀다! 동시에 우리의 마지막 보물,

비극적인 경험들이 우리 심장 속에서 버드나무 꽃송이와 자작나무 꽃처럼 행복이 깃든 젊음으로 활짝 피어난다. 오, 인간들이여, 그대의 진정한 내면의 젊음, 어쩌면 그대가 정말로 소유하고 즐길 수 있는 유일한 젊음은 바깥세상의 겨울을 보낸 뒤에야 느낄 수 있다!

운명

그녀는 "실패자"다. 실제로는 그렇지 않지만. 그녀는 뭔가를 했다, 그것을 위한 재능도 없이, 우아함도, 경박성도, 영혼과 육체의 유연성도 없이. 예를 들어 "바이올린 연주자"가 되려면 타고난 재능이 있어야만 한다! 오른쪽 손목의 고귀한 경쾌함과 힘, 왼쪽 손가락의 천재적인 재능! 부드러움을 통해 매료할 수 있고, 힘을 통해 매료할 수 있다! 그러나 그녀는 영혼과 육체의 모든 숙련된 솜씨를 요구하는 이런 "천재적인 직업"을 위한 어떤 능력도 갖추고 있지 않았다!

그래서 그녀는 "비극적이고 진지하게" 차츰차츰 좋아하게 된 어떤 남자에게 애정을 쏟았다.

그리고 나중에는 정말로 확실하게 살기 위해 다른 남자와 결혼하기까지 했다.

하지만 이 년 뒤에 그녀는 그를 떠났고, 더 이상은 앞으로도 뒤로도 갈 수 없었다.

그러자 그녀는 결국 그녀가 언젠가 "비극적이고 진지하게" 차츰차츰 마음에 담았던 그 남자에게 다시 애정을 쏟았다.

그는 그녀에게 말했다. "나는 이제야 후회하고 깨달았어." 하지만 그녀는 아무것도 후회하지 않았고 알지 못했다.

그는 그녀가 쇠약해 보이는 것을 알아챘다.

그래서 그녀에게 말했다. "뭐 먹고 싶어, 뭐 마실래?"

그녀는 거기, 레스토랑의 크고 넓고 아름다운 자리에 앉아서, 먹고 마시고 완전히 보호받고 있다고 느꼈다.

그는 그녀의 얼굴이 초췌해졌고 그녀의 사랑스러운 생명력이 꺾였다는 것을 알았다.

그때 그에게는 힘이 생겼다, 그녀를 도와주고 그녀의 비탈길에서 그녀와 동행할 힘이.

그리고 그 작은 짐승은 그에게 기어들어 왔다, 그가 필요 없어지는 순간 지체 없이 다시 그를 떠날 작정으로.

그리고 그는 이 무거운 짐을 다시 떠안아 멀리 동행했다.

데어브로켄[74]

베 도시에 있는 커다란 전기 회사의 마흔 살 사장이 젊고 대단히 아름다운 아내에게 말했다. "어렸을 적에 정말 마음을 끄는 공포의 대상은 '브로켄' 주변에 퍼져 있던 전설이었소, 이 우울하고 어두컴컴한 산 말이야! 자, 우리는 지금 인생의 빛 속에서, 유한하고 행복한 우리 '성숙성' 속에 있소, 그러니 우리 함께 그 산을 올라가 봅시다, 내 어린 시절의 허깨비, 이 거대한 공포의 대상으로 떠나 봅시다!" 두 사람은 멋지게 장비를 갖춘 뒤에 산을 올랐다.

온통 잿빛이었고, 폭풍이 엉성한 소나무를 휩쓸어 더 이상 부러질 것도 잘려 나갈 것도 없었다. 폭풍은 점점 거칠어졌다. 눈구덩이들은 잿빛 미로였고, 오솔길에 단단하게 얼어붙어 있었으며, 불운을 가져다줄 것 같으면서도 매혹적이었다. 그것들은 파멸로 이끌었다. 공포가 그곳에 있었지만, 그 공포

74 der Brocken. 북독일 하르츠 중부 산악 지역에서 가장 높은 산으로, 해발 1141미터에 이른다.

는 아무도 놀래지 않았다.

숙녀의 잿빛 금발이 바람에 날렸다. 저 위쪽, 낙농가의 오두막 안에는 친절한 젊은 여인이 있었는데, 그녀는 손님들을 마치 무슨 일이 있어도 도와주어야만 하는 "추위에 떨고, 완전히 겁에 질려 앓는 아이"처럼 취급했다. 그녀는 "브로켄의 전설"도 팔았다. 그녀는 내려갈 때 눈구덩이를 조심하고, 이것도 저것도 조심하라고 경고했다. "브로켄"은 종잡을 수 없는 산이라고 했다.

내려올 때, 세 번째 눈구덩이에서 어떤 남자가 사장을 기습해서 총으로 쏘고, 죽어 가는 사람에게서 지갑과 그의 돈을 빼앗았다. 잿빛 금발의 아름다운 아내는 놀라서 검은 숲으로 달아났다. 사장은 죽었다, 아마 어린 시절의 전설 같은 무서운 이야기를 마음에 품고 죽었으리라. 하지만 잿빛 금발 여인은 백발이 되었고 영원히 편안히 살았다, 지금 "브로켄의 전설"을 듣고 감명을 받고 있는 아이들처럼!

영국 무희들

시시 베, 릴리 에르, 너희들은 기품 있는 아이들처럼 온화하고 부드럽다. 사람들이 너희들을 사랑하면, 너희들은 두려움 없이 친밀해졌지. 사람들이 너희를 사랑스럽고 감동받은 듯 바라보면, 너희는 불신의 우거진 숲에서 나온 수줍은 노루처럼 다가왔지. 너희 걸음걸이도 놀라웠어. 그것만으로도 이미 내 마음속에는 깊은 충성심이 싹텄지. 하지만 그 "사랑에 빠진 남자"는 이 신과 같은 세밀한 부분에 눈길도 주지 않아! 그는 소유하고 구원받고 열광하고 마비되려고만 하지. 너희들의 걸음걸이가 그와 무슨 상관이겠어?! 그는 너희가 고요하게 앉아 있는 것, 멀리 고향과 낯선 나라를 바라보는 데 전혀 주의를 기울이지 않아. 그는 "순진한 고독"에는 아무 관심도 없어. 너희들은 세탁부에게 지불할 20크로네가 없겠지.

너희는 술을 마셔야만 했어, 마실 수 없었는데도 말이야. 너희는 웃어야만 했지, 웃기지도 않은데도. 너희는 춤을 춰야만 했어. 하지만 늘 춤은 출 수 있었지!

나중에 그들은 새로운 일자리로 갔다. 그들 중 한 명이 내게 편지를 보냈다. "베카 씨에게 안부 전해 주세요. 그가 마지막에 왜 그렇게 나를 괴롭히고 모욕했는지 그 사람에게 물어봐 주시겠어요?! 그 사람을 위해서 그렇게 멋지게 춤을 추었고, 그가 좋아하는 영국 사랑 노래를 마지막까지 다 불러 줬는데도 말예요?"

아름다움의 저주

마드무아젤 체, 테아트르데노보테의 스타인 그녀는 몇 달 동안 출연할 수 없었다.

자신 때문에 자살한 다섯 번째 청년 때문이었다.

이 죽음들을 초래한 건 사실이지만, 본인에게는 전혀 죄가 없다고 그녀는 생각했다.

그러나 그녀의 힘과 영향력이 부른 액운이 그 고귀한 여인을 침울하게 만들기 시작했다. 그녀는 아무것도 하지 않았고, 아무것도 하려 들지 않았으며, 아무것도 필요로 하지 않았다. 모두가 그녀에게 자신들의 삶을 제공했지만, 그녀는 이런 삶으로 뭘 어떻게 할지 정말 몰랐다. 특히 이 끔찍하고 치욕적인 환멸감, 그녀가 없으면 더 이상 살 수 없다고 믿는 남자에게 그녀는 자연스레 이런 환멸감을 주었을지도 모른다!

그가 그녀를 미워하기 시작했을지도 모른다.

그녀는 자신의 힘과 영향력을 알지 못했고, 다섯 명의 피어나는, 어쩌면 아주 귀중했을 생명들이 그녀 때문에 사그라든 것을 보상하기 위해 할 수 있는 것이 없었다.

그녀는 굉장히 겸손했다. 게다가 방에서 혼자 거울 앞에 옷을 다 벗고서 때 묻지 않는 눈으로 자기 자신을 바라볼 때조차도, 대체 왜 사람들이 아름답고 즐겁고 부유하며 가치 있는 존재를 짓밟고 파괴해야만 했는지 이해할 수 없었다.

그래서 그녀는 점점 자신의 파멸의 원인이 되는 힘과 아주 친절하고 젊은 사람들에게 끼치는 자신의 영향력을 슬퍼하게 되었고, 사람들은 그녀가 전혀 이해하지 못하는 질책을 퍼부었다. 그래서 그녀는 그저 한없이 깊은 불쾌감만 선사하는 삶에서 물러났다.

나의 개
어떤 숙녀의 글

나는 생일날 어떤 사람한테서 개를 선물로 받았다. 그 사람은 내게 말했다. "개한테 의지해 봐!" 이렇게 말하고는 덜덜 떨기 시작하더니 입을 다물었다. 그러고는 사라져서 다시는 오지 않았다.

그래서 그때부터 나는 개에게 의지했다. 개는 회색빛 핀셔였는데, 나의 우울한 마음을 잘 이해했다. 나는 모든 남성을 내 개의 충실하고 이해심 많으며 온화한 성품과 비교했고, 따라서 남자 모두를 미워하게 되었다!

내 개는 나한테서 어떤 것도 나쁘게 받아들이지 않았다. 나를 이해하고 내 안의 모든 나쁜 것을 영리하게 용서해 주었기 때문이다. 내가 "결함이 많은 존재"임을 이해하며, 언어를 사용하고 소위 인간의 지성을 가진 이들이 오히려 이해하지 못하는 것을 놀라워했다!? 개의 눈은 말했다. '너희 바보 같은 남자들!'

나의 끔찍한 결함에도 불구하고 개는 나를 사랑했고, 그 이해심 깊은 눈으로 늘 말해 주었다. '너는 너야, 유감이지만.

하지만 그래서 사람들은 너를 도우려 애써야 해, 가여운 것.'

그 개는 회색 핀셔였고 나는 그에게 의지했다. 개는 나를 절대 실망시키지 않았다. 그의 눈은 항상 말했다. '유감스럽게도 너는 너야! 하지만 바로 그 때문에 사람들이 너를 버리지 않을 거야. 너의 비열함을 크게 느끼지 않을 누군가를 네가 필요로 하기 때문이지.'

신문의 지역 소식

카카(K.K.) 호프부르크테아터[75]의 전회원인 코르넬리아 카 양은 몇 달 전부터 간병인으로서 열정적으로 헌신하며, 수녀들과 함께 병자를 돌본다. 사람들이 다방면에서 필사적인 노력을 하여 일상의 삶, 사실 삶이라고 할 수 없는 그것에서 그녀를 다시 끄집어내려고 했지만, 그녀의 결정은 바꿀 수 없는 것 같다! 코르넬리아 카 양은 빈의 "구세주의 딸들 수도회"에 들어갈 예정이다. 아가씨, 오늘 당신의 이름을 알았을 뿐이지만, 헌신의 정점으로 향하는 당신의 그 비장한 길이 어떨지, 나만큼 깊이 예상하는 사람은 없다는 점을 믿어 주십시오! 때문에 저는 당신을 축복합니다. 당신은 천재이며, 다른 사람들은 가련한 짐승 무리입니다. 만일 사람들이 이 가련한 무리에게 모자를, 파리에서 유행하는 모자를 사 준다면, 그들은 잠시

75 K.K. Hof-Burgtheater. 빈에 있는 오스트리아 국립 극장 부르크테아터(das Burgtheater)의 옛날 이름으로, 1918년까지 이렇게 불렸다. 유럽에서 프랑스의 코메디프랑세즈 다음으로 오래된 극장이며 독일어권에서는 가장 규모가 크다.

하늘이 열렸다고 생각할 겁니다. 하지만 그것은 그들을 절멸하기 위해 나타난 허영의 영원한 지옥일 뿐입니다!

결핵

오늘 의사는 내게 병이 생겼다고 말해 주었다. 좋다, 이제 나는 병이 난 것을 안다. 사실은 오래전부터 알았다. 이미 오래전부터.

그러니까 이제 다른 사람을 위해 더 이상 아무것도 할 수 없고, 나를 지탱하기 위해 나한테만 신경을 써야 한다. 비자연적인 삶이다!

자연스레 끔찍한 우울증이 엄습해 온다, 만개하는 식물에 메뚜기 떼가 몰려들 듯이, 모든 것, 모든 것을 멸절하고 근절하면서.

죽음에 대한 두려움이 나를 무자비하고 과민하고 냉혹하며 부당하게 만든다, 모든 것을 근절하면서.

그때부터 내 남편은 말은 하지 않지만 나를 짐처럼 여긴다.

그는 자신의 먹먹한 운명을 짊어진다. 하지만 체념한 고귀한 순교자의, 하나님의 보호 아래 있는 자의 "내적인 환성"을 내지르며 감당하는 것은 아니다!

그는 지금 나와 "나쁜 거래"를 했을 뿐이다.

그렇다. "영혼의 주가"가 떨어진 것이다.

그는 나의 죽음을 "비극적인 운명"으로 함께 즐기기에는 감상이 부족하다, 희생자인 나처럼 그러기에는!

그는 나 때문에 잃을 아름다운 것, 건강한 것, 신선한 것, 오래가는 것을 생각한다! 그것들만을 생각한다!

나는 매일 "조리신"과 "구아야코제"를 한 숟가락씩 먹지만, 남편의 배려와 보살핌은 다 소진된 것 같다. 수억 개 친절의 실낱들은 다 닳았다. 영원한 상실일 나의 죽음에 놀라서 슬퍼하는 대신에 남편은 자신의 인생에 이제 막 벌어진 액운에 절망한다.

비극적인 액운을 통해 그의 사랑은 자라지 않고, 서서히 눈에 띄지 않게 죽어 간다. 그는 예술가가 아니다. 만일 내가 지금, 지금 어떤 남자를 찾아낸다면, 나의 죽음을 함께 경험하고 함께 슬퍼할 수 있는 사람을 찾아낸다면 어떨까!?!

나는 기꺼이 "간통한 여자"라는 욕을 들을 것이다, 죽어 가는 여인으로서 누군가 영원한 슬픔 속에서 나를 뒤따라 죽는 것을 경험하기 위해서라면 말이다.

시: 이른 봄

호흐슈네베르크의 정상. 영상 2도.

눈이 비처럼 내린다.

산속 소나무들 사이에서 폭풍이 노래한다.

엘리자베트 교회[76]가 희게 빛난다.

회색 눈 언덕들이 푹신해지고, 젖은 채 흐릿하게 빛난다. 눈 언덕들의 종말이 다가왔다. 그것들은 사라져, 짧은 풀 속으로 스며들 것이다.

사람들이 등산객 대피소에 망치질을 하고 두드려 깨끗이 털어 낸다.

물건을 나르는 당나귀가 힝힝거리고, 개들은 더욱 기쁘게 짖는다.

전문적인 표현처럼, 눈사태가 우레와 같은 소리를 내며 계곡으로 무너진다.

76 니더오스트리아의 호흐슈네베르크에 있는 로마 가톨릭교회로, 엘리자베트 교회 혹은 엘리자베트 왕비 기념 교회라고 불린다.

계곡에는 수천 가닥의 시냇물이 강을 향해 달린다.

아이들은 봄의 첫 번째 전령을 찾아내고, 여자 가정 교사들은 사랑하는 아이들이 기침하고 콧물을 흘릴까 걱정한다.

높은 산속은 여전히 한겨울이다.

농부가 그곳에 서 있다, 걱정하고 동시에 체념한 채로, 그는 운명이 호의를 베풀기를 바란다!

카 부인이 대령에게 말한다. "우리 밖으로, 야외로 나가요, 제 생각에 벌써 아름답고 따뜻해지기 시작한 것 같아요."

침대

너의 침대는 경이롭다, 깨어 있는 삶의 위험들을 피할 일종의 피난처다! 하지만 동시에 위험이기도 하다, 다시 말해 너의 죽음이 묵을 예비용 관이라고 할 수 있다. 네 삶은 침대에서 지연되고, 너의 죽음을 저지하는 모든 것은 약해진다! 사실 너는 네 침대 밖에서만 삶의 수많은 적대적인 힘에 저항할 수 있다! 침대에서 너는 어쩔 수 없이 적대적인 힘에 인도되어 쇠약해지고, 무너진다! 너의 침대는 남은 힘을 보호하지만, 동시에 하루의 생동하는 삶에서 네가 새롭게 얻을 힘의 공급을 방해한다! 너는 유익한 싸움에서 후퇴한다! 너의 침대는 일종의 예비용 관이다! 삶 속 죽음이다! 부활할 수 있는 부드러운 죽음! 하지만 절대 잊지 않기를, 어른들이여, 아이는 요람에서, 병자는 침대에서 끝없이 오래 잔다! 이것의 의미는 단순하다, 그들에게 아직 생명력이 없다는 뜻이다! 생명력이 있다면 아마 그들은 "깨어 있음"을 견뎌 낼 것이다! 깨어 있는 인간은 살고, 자고 있는 인간은 죽는다!

사람들은 충분한 잠을 통해 많은 죄를 예방한다. 하지만 죄를 짓지 않았다면?!? 너의 침대는 너의 예비용 관이다! 네가 그곳에서 잠이 드는 순간, 네 내면의 가치 있는 것이 사라지고 만다!

옮긴이의 말

오스트리아 작가 페터 알텐베르크(1859~1919)의 본명은 리하르트 엥랜더(Richard Engländer)다. 그는 부유한 유대인 상인 모리츠 엥랜더와 파울리네의 아들로 빈에서 태어났다. 알텐베르크라는 필명을 사용하게 된 데는 알텐베르크안데어도나우에 살았던 레혀 집안과 관계가 있다.

20세 무렵 그는 알텐베르크에 있는 학교 친구 집에서 얼마간 지냈다. 이 집안의 세 아들은 자신들보다 어린 네 여동생들을 하녀처럼 부릴 뿐만 아니라, 남자 이름을 별명으로 붙여 마치 젊은 귀족 남성들이 시종을 거느리듯 했다. 남매들 중 막내인 베르타는 페터라 불렸다. 알텐베르크는 여성의 정체성과 성이 주변 남성에 의해 부인되는 것을 보고 놀랐다. 작가는 훗날 페터라는 이름을 사용함으로써 사회의 여성 희생자에게 연대감을 보이려 했다. 알텐베르크라는 성은 이런 경험을 하게 된 장소에서 따온 것이다.

이런 점에서 보면 작가 페터 알텐베르크는 여성을 깊이 이해하고 여성 편에 선 작가다. 그의 친구인 에곤 프리델도 이

점을 강조하여, 알텐베르크는 "여성의 정신적 삶의 입장을 생각해 보는 한층 고양되고 이제껏 도달하지 못한 능력"을 지녔으며 "그는 내면에서 가장 완벽한 방식으로 여성을 체험"한다고 칭찬했다. 그러나 현대 여성의 관점에서 볼 때 알텐베르크는 여전히 남성 위주의 사고방식에서 벗어나지 못했다. 그의 작품에는 소아 성애나 여성 혐오 혹은 여성 폄하로 비칠 만큼 위험한 내용도 들어 있다. 그의 여성관을 칭찬한 에곤 프리델 역시 남성이 우월하다는 생각에 사로잡혀 있었다. 친구 페터 알텐베르크에 대해 "그는 자신이 지닌 여성적 상상 세계와 감정 세계를 탁월한 남성적 지성으로 가공한다."라고 표현했기 때문이다. 어쩌면 이 문제에서는 『장식과 범죄』의 저자인 건축가 아돌프 로스가 현대 독자의 생각을 대변할지 모른다. 알텐베르크 사망 후 고별사로 쓴 「페터 알텐베르크와의 이별」에서 그는 이 점에 대해 묻고 대답한다. "자네는 여성 혐오자였나? 그렇기도 하고 아니기도 하지."

동시대인들이 어떻게 생각했건, 우리는 알텐베르크가 거의 백 년 전 작가라는 것을 염두에 두어야 한다. 당시의 오스트리아는 신성 로마 제국 황제의 가문 합스부르크 왕가가 지배하는 오스트리아 헝가리 제국이었다. 인간의 사고방식과 모든 삶의 방식이 지금과 달랐다. 수도 빈은 과거의 영광을 누리지는 않았지만, 시대를 앞선 문화와 예술의 중심지였다. 그곳에서 활동하던 사람들 중에서도 알텐베르크의 생각과 삶의 방식은 독특했다.

그는 어린 시절에 빈 부유층의 전통에 따라 가정 교사에게 교육받았다. 대학에서는 법학을 시작했다가 의학으로 바꾸었다. 하지만 결국 대학 공부를 포기하고 슈투트가르트의 궁정 서점 율리우스바이제에서 서적상 교육을 받았다. 이 역시 곧 그만두고 다시 대학에서 법학 공부를 시도했다. 동시대인들에게 아들보다 훨씬 독창적이라는 평을 받기도 했던 페터 알텐베르크의 아버지는 결국 목표 의식이 없는 아들의 상태를 걱정하며 의사에게 도움을 청했다. 정신과 전문의는 아들에게는 중산 계층 삶의 규범을 따를 능력이 없으니 쓸데없는 스트레스를 주지 말라고 가족에게 조언했다. 알텐베르크의 직업 활동이 불가능하다고 판정한 것이다. 공식적인 진단은 "신경 체계 과민"이었다. 이후 페터 알텐베르크는 보헤미안 같은 삶을 살았고, 빈의 카페하우스, 즉 카페에서 대부분의 시간을 보냈다.

알텐베르크가 활동한 당시 카페하우스는 문학과 예술의 대표자들이 모이는 곳이었다. 카페하우스에서 완전히 쓰인 작품 혹은 일부가 쓰인 작품을 카페하우스 문학이라 하고, 그런 작가를 카페하우스 문학가라고 하는데, 알텐베르크는 바로 이런 카페하우스 문학의 대표였다. 그의 작품 대부분은 산문 단편 혹은 산문시로, 세기말 빈의 삶과 사회의 순간을 포착하여 서술한 결과물이다. 작가는 그저 관찰하고 사건에는 개입하지 않는 냉담한 묘사가 특징이다. 때로는 주인공이나 줄거리가 없고, 내용의 연관 관계가 부재하며, 독자에게 암시만 던져 주기도 한다. 글의 주제도 여성, 의학, 영양, 요양원, 의학 등 매우 다양하다. 알텐베르크는 자신의 작품이 만들어지는 과정에 대해 아르투어 슈니츨러에게 보내는 편지에 다음과 같이 썼다.

내가 어떻게 작품을 쓰냐고?! 아주 자유롭게, 정말 아무 생각

없이. 절대 깊이 생각하지 않아. 종이를 꺼내 쓰는 거지. 그냥 제목을 쓰고는 제목과 관련이 있는 뭔가가 되기를 바라기도 한다네. 자신을 믿어야만 해, 자신에게 폭력을 쓰면 안 돼, 재능이 맘껏 자유롭게 펼쳐지고 날아가게 둬야 해.

1896년 단편집 『내가 그것을 보듯(Wie ich es sehe)』을 출간한 이후 알텐베르크는 꾸준히 작품을 발표했고 명성도 얻었다. 성공했음에도 건축가 아돌프 로스와 같은 친구들의 도움에 크게 의존했다. 1900년 3~4월에 '이스라엘 종교 공동체'에서 탈퇴한 뒤 십 년 동안 무교로 지내다가, 1910년 빈의 로마 가톨릭교회인 카를스키르헤에서 세례를 받았다. 그의 대부는 아돌프 로스였다. 생애 마지막 십 년은 금주 및 신경치료소에 자주 들락거렸고, 1919년 1월 8일 빈의 병원에서 사망했다.

연보

1859	페터 알텐베르크, 본명 리하르트 엥랜더. 유럽 사회에 동화된 유대인 집안에서 태어나 유년기에 19세기 후반 오스트리아의 부유층이 누렸던 전형적인 교육을 받았다. 초등학교에 다니는 대신 가정 교사들에게서 수업을 받았다.
1877	빈 대학에서 공부를 시작했지만 곧 중단했다.
1880	독일 슈투트가르트 궁정 서점 율리우스바이제에서 서적상 수업을 받았다.
1881	그라츠와 빈에서 다시 대학 공부를 시작했다.
1883	결국 대학을 포기했다. 병원에서 "신경 체계 과민" 판정을 받았다.
1892	작가 활동을 시작했고, 이때부터 가족과 떨어져 대부분 빈 시내에 있는 호텔 방에 세 들어 살았다.
1896	페터 알텐베르크라는 필명으로 첫 번째 책

	『내가 그것을 보듯』을 출판했고, 이 책은 성공의 초석이 되었다.
1897	단편 산문집 『아샨티(Ashantee)』 출간.
1900	유대인 공동체에서 탈회, 이후 십 년 동안 무교로 지낸다.
1901	단편 산문집 『그날이 내게 가져다준 것(Was der Tag mir zuträgt)』 출간.
1904	그사이 가족의 재산은 눈에 띄게 줄었고, 특히 동생 게오르크가 이끌던 가족 사업의 실패로 집안의 지원이 끊겼다. 이때부터 알텐베르크는 친구와 지인 들에게 금전적 지원을 요청했다.
1906	『프로드로모스(Prodromos)』 출간.
1908	『삶의 동화(Märchen des Lebens)』 출간.
1909	『꾸밈없는 인생의 그림(Bilderbögen des kleinen Lebens)』 출간.
1910	빈의 로마 가톨릭교회인 카를스키르헤에서 세례를 받았다. 대부는 당대 유명한 건축가인 아돌프 로스였다. 이때부터 건강 상태가 눈에 띄게 나빠졌다. 정신 병원에 입원하기도 했다.
1911	『새로운 옛것(Neues Altes)』 출간.
1913	『제머링(Semmering)』 출간. 도로테어가세에 있는 그라벤 호텔에서 살기 시작하여, 사망할 때까지 이곳에서 지냈다.
1915	『수확(Fechsung)』 출간.

1916	『재수확(Nachfechsung)』 출간.
1918	『비타 입사(Vita Ipsa)』 출간.
1919	1월 8일 오전 빈의 병원에서 사망, 1월 11일 빈의 중앙 묘지에 묻힌다. 『내 인생의 저녁(Mein Lebensabend)』 사후 출간.

옮긴이
이미선

홍익대학교 독어독문학과 및 같은 대학원을 졸업하고, 독일 뒤셀도르프 대학교에서 독문학으로 박사 학위를 받았다. 옮긴 책으로는 『막스플랑크 평전』, 『불순종의 아이들』, 『천사가 너무해』, 『누구나 아는 루터, 아무도 모르는 루터』, 『멜란히톤과 그의 시대』, 『수레바퀴 아래서』, 『소송』 등이 있다.

꾸밈없는
인생의 그림

1판 1쇄 찍음 2018년 7월 20일
1판 1쇄 펴냄 2018년 7월 27일

지은이 페터 알텐베르크
옮긴이 이미선
발행인 박근섭, 박상준
펴낸곳 (주)민음사

출판등록 1966. 5. 19. 제16-490호
서울시 강남구 도산대로 1길 62(신사동)
강남출판문화센터 5층 06027
대표전화 515-2000 팩시밀리 515-2007
www.minumsa.com

ISBN 978 89 374 2945 3 04800
ISBN 978 89 374 2900 2 (세트)

쏜살 명치나 맞지 않으면 다행이지 이지원
오스카리아나 오스카 와일드 | 박명숙 엮고 옮김
리츠 호텔만 한 다이아몬드 F. 스콧 피츠제럴드 | 김욱동·한은경 옮김
자기만의 방 버지니아 울프 | 이미애 옮김
미를 추구하는 예술가 너새니얼 호손 | 천승걸 옮김
깨끗하고 밝은 곳 어니스트 헤밍웨이 | 김욱동 옮김
산책 로베르트 발저 | 박광자 옮김
키 작은 프리데만 씨 토마스 만 | 안삼환 옮김
와일드가 말하는 오스카 오스카 와일드 | 박명숙 엮고 옮김
유리문 안에서 나쓰메 소세키 | 유숙자 옮김
저, 죄송한데요 이기준
도토리 데라다 도라히코 | 강정원 옮김
게으른 자를 위한 변명 로버트 루이스 스티븐슨 | 이미애 옮김
외투 니콜라이 고골 | 조주관 옮김
차나 한 잔 김승옥
검은 고양이 에드거 앨런 포 | 전승희 옮김
두 친구 기 드 모파상 | 이봉지 옮김
순박한 마음 귀스타브 플로베르 | 유호식 옮김
남자는 쇼핑을 좋아해 무라카미 류 | 권남희 옮김
프라하로 여행하는 모차르트 에두아르트 뫼리케 | 박광자 옮김
페터 카멘친트 헤르만 헤세 | 원당희 옮김
권태 이상 | 권영민 책임 편집
반도덕주의자 앙드레 지드 | 동성식 옮김
법 앞에서 프란츠 카프카 | 전영애 옮김
이것은 시를 위한 강의가 아니다 E. E. 커밍스 | 김유곤 옮김
엄마는 페미니스트 치마만다 응고지 아디치에 | 황가한 옮김
걸어도 걸어도 고레에다 히로카즈 | 박명진 옮김
태풍이 지나가고 고레에다 히로카즈·사노 아키라 | 박명진 옮김
조르바를 위하여 김욱동
달빛 속을 걷다 헨리 데이비드 소로 | 조애리 옮김
죽음을 이기는 독서 클라이브 제임스 | 김민수 옮김
회색 노트(근간) 로제 마르탱 뒤 가르 | 정지영 옮김
참깨와 백합 그리고 프루스트(근간) 존 러스킨·마르셀 프루스트
유정화·이봉지 옮김